百部红色经典

茅山下

丘东平 著

北京联合出版公司
Beijing United Publishing Co.,Ltd.

图书在版编目（CIP）数据

茅山下 / 丘东平著. -- 北京：北京联合出版公司，
2021.7（2024.12重印）
（百部红色经典）
ISBN 978-7-5596-5092-4

Ⅰ.①茅… Ⅱ.①丘… Ⅲ.①短篇小说—小说集—中
国—现代 Ⅳ.①I246.7

中国版本图书馆CIP数据核字(2021)第030772号

茅山下

作　　者：丘东平
出 品 人：赵红仕
责任编辑：夏应鹏
封面设计：王　鑫

北京联合出版公司出版
（北京市西城区德外大街83号楼9层 100088）
北京新华先锋出版科技有限公司发行
三河市兴博印务有限公司印刷　新华书店经销
字数172千字　787毫米×1092毫米　1/16　12印张
2021年7月第1版　2024年12月第3次印刷
ISBN 978-7-5596-5092-4
定价：49.00元

出版前言

为庆祝中国共产党成立 100 周年，全面展现中国共产党成立以来中华民族辉煌的发展历程、取得的伟大成就和宝贵经验，集中体现中华民族的文化创造力和生命力，北京联合出版公司策划了"百部红色经典"系列丛书，希望以文学的形式唱响礼赞新中国、奋斗新时代的昂扬旋律。

本套丛书收录了近一百年来，描绘我国人民在中国共产党的领导下艰苦奋斗、开拓创新、改革开放的壮美画卷，充分展现我国社会全方位变革、反映社会现实和人民主体地位、弘扬社会主义核心价值观、讴歌中华民族伟大复兴中国梦的100 部文学经典力作。

本套丛书汇集了知侠、梁晓声、老舍、李心田、李广田、王愿坚、马烽、赵树理、孙犁、冯志、杨朔、刘白羽、浩然、李劼人、高云览、邱勋、靳以、韩少功、周梅森、石钟山等近百位具有代表性的中国现当代著名作家。入选作品中，有国民革命时期探索革命道路的《革命的信仰》《中国向何处去》，有描写抗日战争的《铁道游击队》《敌后武工队》《风云初记》《苦菜花》，有描绘解放战争历史画卷的《红嫂》《走向胜利》《新儿女英雄续传》，有展现新中国建设历程的《三里湾》《沸腾的群山》《激情燃烧的岁月》，有寻找和重建民族文化自信的《四面八方》，也有改革开放后反映中国社会现状、探索中国道路的《中国制造》，同时还收录了展现革命英雄人物光辉事迹的《刘胡兰传》《焦裕禄》《雷锋日记》等。

本套丛书讲述了丰富多样的中国故事，塑造了一大批深入人心的中国形象，奏响了昂扬奋进的中国旋律。这些经历了时间检验的文学作品，在艺术表现形式、文学叙述方式和创作技巧等方面都具有开拓性和创造性，作品的质量、品位、风格、内涵等方面都具有很高的水准，都是有筋骨、有道德、有温度的优秀作品，很多作家的作品都曾荣获"五个一工程奖""茅盾文学奖""鲁迅文学奖""国家图书奖"等奖项。

为将该套丛书打造成为集思想性、艺术性、时代性为一体，展现新时代文学艺术发展新风貌的精品图书，北京联合出版公司成立了由出版界、文学艺术界的资深专家和学者组成的编辑委员会。他们从文学作品的历史价值、文学价值、学术价值、现实意义等维度对作品进行了深入细致的研读和筛选，吸收并借鉴了广大读者的意见与建议，对入选作品进行深入细致的分析与综合评定，努力将"百部红色经典"系列丛书打造成为政治性、思想性和艺术性和谐统一的优秀读物，向伟大的中国共产党成立100周年这一光荣的日子献礼！

目 录

茅山下

莫回顾你脚边的黑影，
请抬头望你前面的朝霞；
谁爱自由，
谁就要付予血的代价。

茶花开满山头，
红叶落遍了原野；
谁也不叹息道路的崎岖，
我们战斗在茅山下。

一

　　周俊，中学生，那长而瘦削的年轻人，从乡长的屋子里匆匆地跑出来，在拥挤不堪的人群中听到郭元龙的凶恶的叫声，他心急得要死，脚步都有些紊乱，天已经很冷了，他的背脊还是出着汗。他故作镇静的一步一步很沉重，很吃力的走，不时把面庞猛扑在旁人弯曲而突出的膀子上，把整个脑袋都震得发晕。他丧然地、困惑地走到郭元龙的面前，看着郭元龙结实而英武的坐在一张矮凳子上，让许多的人：中队长谢伟谋，分队长彭杰，以及来自各方的队士们团团的围着，这些人越是靠拢他，越是显见沉默，在最外层的人发出的声音都低抑至几乎听不见。

"参谋长！参谋长！"

他们叫郭元龙参谋长。

天委实很冷了，月亮的白色亮光凛然地照临在禾町上，屋顶上，以及南边池岸的白杨树上，高高的天体蕴蓄着深度的冷气，令人们望着它牙齿打战，浑身发抖。周俊花了很大的力气才挤进了郭元龙周围的圆圈里面，一个顽强的难以突破的圆圈表示了对郭元龙所怀抱着的一个新的高度的信念。周俊相信。但郭元龙必然因此而引为骄傲，郭元龙原就是一个骄傲的家伙！周俊这样对自己说。

郭元龙已经开始在分析敌情，他指出敌人必然大举扫荡的企图，摹拟着敌人进攻的路线和方向，很有自信地像看到了似的摹拟着。他鼻子稍微向上翘起，眼睛深陷，瞳仁收缩到几乎看不见。当他的话得到一个小小的结论的时候，他的闪电一样的目光就发出一种威力去镇慑众人，叫他们突然陷于一种惶惑不能自主的骚乱。

分队长彭杰，那木匠出身的高大的中年人像做了郭元龙最亲信的朋友似的站在郭元龙的身边。他穿一件褪色的日本大衣，用皮带把腰束得很紧，两只手掌交叠着搁在那短而破旧的日本马枪的枪口上，修长的背脊稍微弯曲着，目不转睛地注视郭元龙凶恶可怕的面孔，他尊重郭元龙，爱惜郭元龙，仿佛郭元龙是他自己所有的一样。

"你能够懂得日本人这一次出的是什么诡计吗？"他带着很钦佩的口吻对郭元龙发问，"如果今日到达九里的日本骑兵就一直驻在九里，又怎么办呢？"

"什么？彭杰同志你刚才不曾听见么？我什么都说过了。如果到达九里的日本骑兵，就一直驻在九里，又怎么办呢？如果敌人这次的进攻并不止西旸一路，宝堰、直溪桥以及珥陵的敌人也正是睐着眼对我们望着呢！如果到达九里的日本骑兵是敌人预先安下来的耳目，是一种侦察的性质，他们的分进合击还在后头，……他们拷问了九里的市民，用鞭子，用洋油灌他们的鼻管，这样从他们嘴里得到关于新四军和延陵常备队的消息，如果是这样的时候，又怎么办呢。"

郭元龙比一切随便什么人都懂得更多，他能够把从各方面得到的零碎的消息一点点的累积起来，就中迅速地加上自己的判断，然后传达给别的同志，令人听来要比原来都更确实，更可靠些。

郭元龙于是分配了他们的任务。

彭杰心满意足的走了。

郭元龙从那矮凳子上站立起来，非常舒适地摆动着两手，叫周围的队士向两边分开，群众窃窃私语的声音逐渐的升高起来。

"日本人的大扫荡就要开始了！"

"参谋长怎样告诉你的呢？他说的叫你受惊了，是不是？唉，我的小宝宝！"

"算了，算了，大家都一个样，这一个不会比那一个更伟大些。"

群众慢慢的散开去。一种紧张而令人忧郁的空气像铅块似的沉重地紧压在心头。凭着紧张而激发的情绪，人们悄悄地一再从一种孤立无援的情景中把自己唤起，一再把自己的意志坚定起来，用单薄而缺乏锻炼的灵魂去正视将必到临的严重的战斗局面。

> 莫回顾你脚边的黑影，
> 请抬头望你前面的朝霞；

从那慢慢地散开去的人群中，发出了低微的歌声，仿佛散播着轻淡的忧愁，令人幻梦似的从那凛然的空气的紧压下得到片刻的解脱和安慰。

> 谁爱自由，
> 谁就要付予血的代价。

茶花开满山头，

红叶落遍了原野；

谁也不叹息道路的崎岖，

我们战斗在茅山下。

"够了，英雄们呀，现在就出动了吧！"郭元龙一派洋洋得意的样子，他用一种温和而热烈的声音这样叫，"……周俊同志，原来你是躲在这里，我怎样都不能把你喊出来，怎么样？你很胆小吧？我什么都计划好了，队伍马上就要出动了。但是我还要给你一个任务：你马上就出发，目的地是我们司令部，你的任务就是带一个报告到司令部去。嗯，这样说，你什么都清楚了，那么，你的笔，本子，都拿出来吧！"

周俊默默地听从着，他蹲下来，用电筒小心地照着，靠着膝盖上开始在写。

"今日下午四时半，"郭元龙说，"敌人骑兵一百二十余，从西旸到达九里。写吧，就这样，这是敌人预先安下来的耳目，是一种侦察的性质，他们的分进合击还在后头。他们在九里庙挖枪眼，有预备据守的模样。依据香草河方面群众的报告，在黄昏的时候，黄土庄桥发现了敌人的八个哨兵，当然都是一样的骑着马，……"

月亮的白光泛着浅绿，周俊垂着头，默然地无灵魂地跟着通讯员的背后走。通讯员，那中年男子的黑灰色的影子仿佛要突然消逝了似的浮幻地在他的眼前，十分尽着戏弄的作用。周俊低低地叹息着，他觉得什么都莫名其妙，什么都不能了解。而郭元龙的凶恶的面孔——那骄傲的家伙……这些对于他都无异是给予了一个总的否定：他开始觉察到自己的低劣与无能，在郭元龙的面前除了发现自己的弱点之外可以说一无所用。

通讯员喃喃自语着。他告诉周俊关于黄土庄桥那八个日本哨兵的消息。像一个小孩子似的兴高采烈地怂恿周俊到桥的附近去打枪，最后把周俊带进一间卖炒米糖的草篷子里。

"在这里歇一歇吧！"通讯员说。

周俊疲困地、狼狈地倒在土灶边的草堆上，闭着眼，把身体缩成一团。

"你冷吧？"通讯员从路上保持下来的兴高采烈的情绪不稍低减，他关切的问，"你饿了？弄两碗团子吃吧。你吃不吃团子？"

周俊勉强地点了点头，随即剧烈地呛咳着。他要那卖炒米糖的老婆子给他一支洋火，因为他是外省人，老婆子一点也听不懂。

通讯员低低地哼着，学着服务团同志的抑，扬，徐，疾，有节奏的调子，随着那调子给周俊一支卷烟，他的有节奏的手简直是在跳舞。

挂在壁上的洋油灯摇摇欲灭，间或一阵寒风带着辽远而悲戚的狗吠声从那破烂的门缝里吹进来，令人冷得发抖。周俊丧然地吸着烟卷，每一次口里喷出烟来，每一次使自己紧张着，眼睛锐敏地然而绝望地凝视那豆大摇摇不定的火焰，半声不响。

停了一会，他用一种矜持的颤抖的声音对通讯员这样问：

"同志，你认得郭元龙那个人吗？"

"郭元龙，……"通讯员回答，"我们的参谋长怎么不认得呢？怎么样，他很坏吗？不怎么坏吧？他是一个了不起的家伙……"

"……我怀疑这个人，我害怕他，"这末后的一句声音很低，至于几乎听不见。

接着周俊又说：

"他是一个了不起的家伙，是的，他参加过三年游击战争，他的身上有七个伤疤，打仗，他是一个能手，但是我怀疑这个人，我害怕他。同志，我是刚刚从学校里出来的，我怀着满腔的希望，希望自己在战斗中也锻炼成为一个有用的东西。但是我现在已经开始发现自己完全失去了作用，失去了一切能力；战争没有我的份，我变成了什么都不懂，变成了废料！这是什么缘故呢？同志，这样说，你能够听得懂吗？"

"我不大懂得你的话。我知道你和郭元龙同志的意见不合。"

"没有这回事。"

"你和他发生了冲突。"

"你一点也不了解我，你完全说错了！"

"我觉得我们革命同志应该团结，不要闹脾气，你应该和郭元龙同志赶快和好。"

"不，不，完全不是这回事！你的话对于我简直没有半点意思！"

第二天的早上，大约八点钟的时候，他们到达了司令部。

昏浊的太阳光软弱地照着那波浪式的起伏不定的山岗，句容南乡的富于战斗意味的村落，错落地和苍翠的松林混杂在一起，在山岗与山岗间的罅地里隐蔽着、潜伏着，或者峨然高据在山岗之上，仿佛突然地随风而起，升腾到山岗的高处，而以雄健的姿势俯瞰全境。天更冷了，北风骚乱地刮过山岗，冲激那苍翠的松林。苍翠的松林在远处成为黝黑的散乱而交叠的碎片，在北风的冲激中，阴暗地、忧郁地显出不明的深远而渺茫的色调。东边二十五里远，被北风卷起的尘雾，晕濛地、薄薄地掩蔽了茅山高傲、爽朗的峰峦。

离开了昨夜紧张而激发的情景，离开了郭元龙，周俊，那脆弱的不堪一击的年轻人仿佛恢复了固有的热情和勇武，忘记了疲劳，忘记了其他，元气十足地有礼貌地与别后数月又于今天偶然重见的同志们握手，问好，而且恋恋不舍，至于"同志"和职位的称呼都不能使自己满足，而必须深心地叫之为"朋友"，……

一间阔而光亮的房子。

左边壁上挂着大得要命的五万分之一的战区的地图，靠近写字桌子那边，又是一个比较小的江南敌人据点兵力分配图。公路、铁道、河流、封锁线、交通网，把茅山地区划成了棋盘格子，敌人的据点星罗棋布，排成了很密的梅花桩。扬子江像一条被猛力敲击的又粗又重的镣铐，痉挛地卷旋着、寸断着，……新四军，布尔塞维克所领导的小小的队伍，以游击战争的飘忽、淡然的姿影，带着热炽如火的战斗冲动，在那棋盘格子与梅花桩之间，千百次的往复不断的回磨、穿插。就在这地图上面，普遍地写着"我军袭击五次以上""兵车颠覆""桥梁爆破""日本守备军六百四十名全灭""伪军反正八次""伪警个别反正十三次"，……等等红色的胜利的记号。而在接近窗口那边，在另一个江苏全省的地图上面，敌我盘旋，烽火漫天的茅山地区，竟是突然地缩小，小到一个指甲片子都摆不上去了。谁都知道，顽固派是不准这地区扩大的，而且要把它缩得更小，他们以十万大军占据着广德、郎溪、高淳一带的地区，占据着整个的黄山山脉和天目山脉，到处的制造磨擦，捕捉新四军的通讯员，袭击没有武装掩护的新四军的工作者，……顽固头子总指挥冷欣在装腔作势的说："和你们新四军一道，事情总是不断的发生，你们还是去远一点吧！把你们的司令部搬到瓦屋山上去吧！"十万大军蹑手蹑脚的躲在新四军的背后，等候新四军什么时候从敌人的手里夺回来政权（以政权归返人民），他们就吞食这政权，为的政权应该从那个剥削者交回这个剥削者。……然而新四军战斗着，千百次的往复不断的回磨。于是就在那对面的壁上，像商店里陈列他们高价的货物似的炫耀着，有意夸张地挂着无数的胜利品：军刀、日章旗、望远镜、掷弹筒、有三角皮盒子的拳铳，以及装着自动枪刺的漂亮的日本马枪……

外面，苍翠的松林，遮着天空，掩蔽着整个村子，饥饿而力乏似的、阴沉地、悠久地在北风的冲激中发出吼叫，长长的红脚草和松针的浓烈的气味到处交流……

生活在这个房子里的司令员，学生出身的年轻而壮健的四川人，从十年战争，三年游击战争中锻炼出来的老布尔塞维克，那惊心动魄的革命战争的组织者，他已经成为一个单纯的概念式的人物，他的坚定的眼睛给予人们一个单纯的概念：清醒！一点不能懈怠！时刻的警觉着！看来，他的影子是辽远的，辽远得几乎不能辨认，辽远得变成了小的黑点，像一只鹰，在句容、京郊、镇江、丹阳、金坛、溧水，在整个大江南北战区的高空中飞翔着，精细地从百仞的高空把地上的松鼠和落叶都加以判别，找寻袭击的目的物，袭击它，和它发生凶恶而可怖的战斗；他的正确的领导使一个战士当伏在草莽中还感觉着他的热的视线的迫射。而另一边，那飞翔的鹰，他要谨慎地防备着从背后，从黑暗中射来的阴谋的猛箭。

丢开了手里握着的笔，他站了起来，离开了他的写字桌子，——他穿的是一件有着风帽的昭和式的簇新的日本大衣，嘴边衔着烟卷，一只手摸着大衣上金黄色的发亮的铜钮扣，在房子里踏着阔步乱踱着，等待周俊的发言。

周俊把报告交给了他。

他接了报告，随即用高兴的欢迎的调子，一字一句的诵读起来。

"今天下午四时半，……这报告是你写的吧？"

停了一会，他又一字一句从头开始的诵读：

"今天下午四时半，敌人骑兵一百二十余，从西旸到达九里，……不，同志哥，从南镇街经过许塔山，然后到达九里，而且只有八十七匹马。这是……一种侦察的性质，他们在九里庙挖枪眼，有预备据守的模样。那里！那里！他们就要走的。没有别的吗？那边的常备队怎样了？很恐慌吧？"

"没有。"周俊回答，"那边的常备队很好。最近洗刷了几个坏蛋。"

"郭元龙怎么样？他叫你回来干什么？就是带这报告吗？他把你当作通讯员一样只是带信。你告诉他，以后不要这样动不动就叫你回来。你们按照决定的计划去做吧！最近没有什么要来问我的，我也不要看你们的报告。你这样告诉他吧！还有……"

他把烟尾挟得很扁，用力地从嘴边摘开，抛在地上，小心地踩灭那火末，他的声音在那凛然的肃静的房子里重压着，萦回地作着缭绕，沉默都不能把它驱散，……

北风骚乱地刮过山岗，冲激那苍翠的松林，苍翠的松林又开始了它阴沉，悠久的呼喊。

"为了加强茅山以东的工作领导，"他继续着说，"你们那边必须成立工作委员会，由郭元龙、你、林纪勋三个人组织，书记是郭元龙，你告诉他要马上召集开会。我给他一封回信吧。"

他坐下来开始在写。

"就这样，"他把回信交给周俊，"吃了中饭就回去，路上怎么样？"

"路上完全没有问题。"

"那很好。"

二

周俊从司令部回来的第二天，郭元龙就把他派到九里方面去了。

郭元龙把九里最初的三个青抗会的领导人介绍给周俊，他们的名字是黄荣新、陈炎和朱雅。

周俊第一次和黄荣新见面的时候，黄荣新请周俊在哥哥开的馆子里吃喂喂（一种很好吃的贝类）。

"人类有什么聪明呢？"黄荣新的哥哥，那小饭馆的老板殷勤地眨着红肿的双眼，满口喷着酒臭，他用一种悲切的调子这样说，"我读过商务印书馆出版的教科书，晓得世界上有一个声誉显赫的农家子叫华盛顿，是一个创造世界文明，推动人类向上的人物。先生，据说这样的英雄往往是从一个茅篷子里生出来的呢，并且我相信有这么回事！可是人类的聪明也不过如此：那只是在书本上记载一下，写一写，说是有教育意义云云，其实都是一些骗人的鬼话，像这样的英雄原来在世界上就不曾有过，倒是日本人到九里街上来的时候，他们捉鸡、杀人、找花姑娘，谁也比不上他们的威武。"

他发脾气似的叱责他的女人，那面孔像柿子一样又红又肿的老板娘，叫拿更多的喂喂来。接着举起了一大碗的酒，用一种半睡眠的朦胧的动作简单地默默地作一回礼让，于是有五十秒钟的时间把那阔大的面孔完全浸溶在酒碗里，幻梦地发出痛苦的呻吟。

他对他的女人作了个鬼脸，凶恶地发出命令来，用力地抓住她的头发，重重地殴打她，举起满是青筋的手没命地敲击她的后颈。

"现在说吧，说'饶饶我'吧，像那一天给日本人抓住一样，说出那样不要面孔的话来！"

"饶饶我！……饶饶我！……"

"你这个贱胚！"

"你放了我，你放……"

那小饭馆的老板放了手，于是拍拍周俊的肩膀，很抱歉似的对周俊解释着：

"同志，我就是要这样的来处罚她，是的，处罚她，我是每天都这样处罚她的。"

"是的，每天。"他继着说："我每天都要重重的打她一回。……为什么？我告诉你，这个贱胚，这个不要面孔的东西，前一次日本人到街上来，她给日本人抓住了，从此以后她就低下头来，就连我也跟着低下头来。"

说着，他挥着手，叫他的女人到别的看不见的地方去。他好像发了一个疯痫，此刻正复了原，随即很有礼貌地和周俊握了握手说：

"我这个人是很爽快的。我处罚了这个女人，并且有你先生在座，作我的见证（证明他已经从被污辱的情景中挽救出来了！）——这就是我最大的荣幸。"

于是头也不回的走他的去了。

周俊很激动地对黄荣新提议，最好叫他的哥哥去参加抗敌自卫队。

黄荣新衰疲地摇着头，淡漠地这样说：

"随他去吧，这疯鬼，不要理他，在我们九里没有一个会相信他的。"

黄荣新把他哥哥的胡闹搁在一边，他报告周俊关于九里青抗会的工作情形，着重赞扬青抗会——他自己所领导的歌咏活动。他驼背，瘦长，镶一个金牙齿，一对窃贼一样的狡猾的眼睛装着商人的伪善，有时候垂头丧气，悲哀地叹息，像一条死蛇似的使人厌恶和怜悯。饭馆里潮湿而油腻的地上爬着无数的水虫，太阳光从盖满灰尘的窗纸透射过来，黯淡地照在屋子里的地上和黑的桌板上。黄荣新于是给周俊介绍了他的一位叔父。他的叔父名叫黄南青，在上海念过大学，而且当过了警察，现在是九里镇上谁都知道的一位有地位的绅士。

下午，天下着倾盆的大雨，粗大、密集的雨点猛击着屋顶和外墙，像河水似的发出吼叫。单薄、败坏的房子微微地发出颤抖，用一切的力气排除容积在屋顶的水量。天气骤然变冷了。间或一阵更大的密集的雨水像驰骤的马似的在屋顶上奔过，使屋顶的瓦片发出异样的响声，从瓦缝里落下来的潮湿的尘土，混着水沫，带一种令人窒息的气味充塞着整个屋子。

黄南青先生穿着黑灰色的破烂的棉袍，尖头，小颈，不戴帽子，灰白的头发稀疏地直竖着，耳朵短而带三角形，面孔瘦黄。他每天要用三块钱以上的鸦片治疗疾病。

黄南青先生说：

"如果今天不提到在我们九里镇上做出一番大事业来，那么什么都用不着讲，否则的话，我们却不能忘掉一位杰出的人物。这是一个什么人呢？如果我们觉得没有必要，就用不着去探究他的底蕴，在我们九里，要探究一个人的底蕴是一件不容易的事情。在我们九里，随便什么人到来看看，都要觉得复杂、纷乱、茫无头绪，谁如果想要把它改造一下，谁就要觉得头痛，甚至说不定要碰破鼻子，这到底是什么缘故呢？原因是简单得很的。在我们九里，什么事情都已经有人在做，并且都已经做得很好了，……这不但现在是这样，而且将来也是这样，脚底下踩着别的人，或者自己又被另一个人踩在脚底下，都是舒舒服服的过着的。就每天每人的收入来说，什么人应该拿五毛，什么人应该拿一块，或者什么人应该赔钱出去，都是用天平称好了的，谁也用不着论争，谁也不会怪谁。当然，人是不能没有好坏的，一个好人和一个坏人在一件事情上发生纷争，结果谁得谁失，正像冥冥中的主宰，可以决定全九里的运命，……"

黄荣新坐在他叔父旁边的凳上，热心、诚恳而毫无成见，用一种坦然的态度尽可能帮助周俊。只要遇到一个难以理解的题目，不管是一个人名、物名或者村落的名称，都要使周俊能够立即透彻地加以了解，并且他是那样善于忍耐和等待，只要有一个适当的时候，他就对周俊作关于九里的某种问题的珍重的说明。

雨下得更大了，天色都变成昏暗。周俊疲乏地倾听着，在一种令人困倦的情调下继续着和那绅士的谈论。当周俊提出意见的时候，黄南青先生平静地半声不响，紧闭着嘴唇，合着双眼，用叱退一切骚乱、惊扰的庄严的沉默，在那破烂的黑而发亮的安乐椅上像一具死尸似的静静地躺着。周俊的发言显见琐碎、繁冗而缺乏宗旨，从那绅士的议论中他只得到关于九里的一个难以理解的复杂的印象，这使他仿佛受了打击似的感到一阵阵的头昏。

周俊对黄南青先生提出了关于抗日的问题，黄南青先生仿佛已经厌烦了自己的说话，他像指点一个路人到河边去喝水似的冷冷地说：

"我介绍你去找李孝良吧！李孝良，就是我刚才说的那个人。组织抗敌会，减租减息，破坏桥梁等等的事情，都可以找他商量。如果日本人来了，……唔，也可以去问他，他是有办法的。对付日本人比对付一个九里人容易得多，日本人有时还可以骗一骗他，可是九里人你就是要骗他也骗不了，所以我劝告你们新四军的同志，最要紧的是要和九里人说真话，比方就减租减息来说，种田的人得到了利益之后和抗日有什么关系？种田的人如果舒服了，九里会不会造成旺盛的赌风？田里是不是还有人去拔草？……并且种田的人就是得到了利益，也不会就相信你们的，特别我们九里人不会这样轻易的去相信人，……"

周俊开始懂得对一个人抱着一种高傲和轻视，从这高傲和轻视中他感到一种新鲜无比的快乐。用光耀的傲慢的目光居高临下的去俯瞰一个人的灵魂，而对之加以透视，这使他发生出一种愉快的心理来。……然而从一个混蛋的身上去找出一点好处来是要得的，而且工作所需要的正是一点好处。在统一战线中周俊有这样的一种惊喜的灼见。他相信，只要有这样的一个适当的，具有特殊条件的人物在眼前出现，就会在工作上取得许多便利，就可以在许多的道路中去找出那最短最便当的捷径来。

他驼着背，显得有点懒散和疲乏，和李孝良——那绅士所推荐的杰出人物——相欢相得，亲昵地、肩并肩地在那高高的河根上走着。他愉快地吹着口哨，……分析目前的政治形势，开始对李孝良作着鼓动。他热心地在自己的论述中提出了许多问题，同时解答了那些问题。遇到那潮湿泥泞的罅隙地，就耸着上身，跨着长脚，像小孩子似的作着快乐的一跃。李孝良，那稳重、有见识而且有礼貌的少年人，穿着大成蓝的袍子，长长的头发顺其自然的向两边披，显得聪慧、洒脱，带着三分的才子气，像小姐似的珍重着自己的一笑一颦。他告诉周俊，有一次从宝堰来的日本人占领了他们的村子，他能够很简单的对他们使用一些日本话，而且非常慎重地小心地注意日本人在谈话中的语意，发见他们中间有一种意想不到的和善、诚挚的友情，日本人曾经慎重地说明，如果他们杀人不遭受反抗，他们是会发出一种无限的原宥来的，他们已经原宥了不少的中国人。周俊诚恳地然而不客气地指出他的说法的错误。他丝毫不作任何辩解，只承认自己对于一件事情看法的不同，而他对周俊所怀抱着的浓烈、亲切的友谊却始终不稍变改。末后他告诉周俊，他有一个哥哥是"共产党员"，在上海的巡捕房里当一个探目，他知道上海共产党活动的一切情形，并且抓了很多的共产党，因为共产党和他个人之间曾经发生了很小的误会的缘故。

李孝良在九里买了猪肉和喂喂，把周俊带到九仙他们的家里，和他的母亲、妻子一道，诚恳地客气地招待周俊。要周俊到楼上去参观他的新婚的房间，那里有檀木的高大的衣橱、图画、风琴、灵巧的歌唱的百灵鸟、坐立不一的各种肖像和玻璃镜子，……又在母亲面前把周俊作了简单的介绍，示意给他的母亲，叫对着客人诉说当年他的父亲——一个廉洁而有盛德的县长如何被他的仇敌狙杀的故事，孝敬地侍立在母亲的侧边。母亲则在这时候尽情而悲切的哭泣，眼眶里簌簌地落下泪来。

周俊征求李孝良对于九里的抗敌工作的意见，李孝良带着怀念父亲的深沉的悲哀，凄然地这样说：

"没有一个人愿意过问九里的事情，他每天看到九里，每天想着九里，……怎样把九里变好一些，结果呢，只有我自己弄得心劳力拙。而九里街上的复杂、纷乱，竟是自然而然的造成一种生气勃勃的繁荣的气象，为日本人占领的城市所不及，这是非常奇怪的事情！南京失陷以后，大陆公司和茅麓公司打起来了，把九里做他们的战场；从南京败退下来的广东人，他们在这里落籍，买田地，娶老婆，并且互相的残害；延陵给日本人放火烧了，倒了很多的房子。九里比延陵烧得还要早，在九里放火的不是日本人而是中国人自己。自然，到延陵来的日本人是很凶的，可是有一次日本人也到九里来，到九仙来，在我们这里，日本人只是对人们说说笑笑。日本人走后，我们到处看看，的确，连一根木板都不曾拿走我们的，足见日本人虽然坏，可是在我们九里人眼中却有另外的看法，我们九里人的看法和延陵人的看法是完全不同的。"

晚上，周俊歇在黄荣新哥哥的饭馆里。黄荣新又请周俊吃了很好的饭菜，……周俊变得脾气很坏，他好几次想把黄荣新和其他的人们都痛骂一顿。而当他想到从今日起要和这些混蛋家伙一道去负担起抗战的大事业来的时候，就痛苦得不能入眠。

隔着一重芦苇做成的墙，小饭馆的老板伴着他的女人在那屋子里洗澡。他沉重地用拳头把她殴打，两个人一块儿哭泣着，饭馆老板的哭声很粗，像拉锯一般的抽搐着；有时候这哭声突然发出一种爱慕，仿佛对女的作着亲切备至的环护，至于使他的哭声也变了，……直到两个哭声都完全静止下来之后，就听见用手轻轻地在浴盆里拨水的声音。

过了一会，饭馆老板用一种滑稽的调子这样唱：

> ……到了明天的清早，
> 我一个人走下茅山。

他压缩着嗓子，把声音弄得又尖又哑，有时候像遭受了猛力的一击的狗似的从鼻子里发出败破的二弦琴的声音来。

> 茅山的日本鬼子对我说，
> ——请到顶公来呀，
> 吃吃罐头，
> 做做和尚，
> （这生活是多么好玩！）
> 高兴的时候就把枪口对着九龙坞，
> 砰——放他一枪……

他边唱边踏出那屋子，欢欣地走来敲周俊的房门。

"那小鬼在这里吗？"他低着声音，完全变成了沙哑。

"他已经走了，"周俊回答，"他不睡在这里。"

周俊开了门，让饭馆老板走进来，并且拉着他的手表示欢迎。

"同志，我有一件事情要告诉你，可是等了很久，都等不到和你说话的机会，你知道我的弟弟是一个什么人呢？那鬼东西——你这样信任他，是要吃亏的。"

"可是你为什么这样疯疯癫癫的样子？你是不是可以变冷静些，用正经的话告诉我？"

"喔，我疯么？我一点也不疯。我的弟弟告诉你些什么呢？"

"他总是在我的面前推崇你的叔父，……"

"不错，他依靠那老鬼过活的，他希望能够让他的叔父当理事长呢！那老鬼吃了我的东西不少了，又叫那小鬼来偷我的钱，还有呢，他有没有在你的面前骂我？"

"骂的，他骂你是疯鬼！"

"他骂，他怕我和你亲近，他知道我会倒他的台的。"

"他为什么和你弄不好呢？"

"这说来长呢，……他帮助那老鬼去勾结日本人，把日本人引到街上来，占据了我的饭馆，把我的锅都敲碎了，又奸淫了我的女人。"

"现在他们和日本人还有来往么？"

"他怕死，不敢到宝堰去，日本人有时认不清儿子，会向他开枪的。"

周俊很同意他的说法，笑了笑。分给他一支烟卷。饭馆老板亲热地把烟卷吸起来，他神采焕发，双眼晶亮。

"明天就要开会了，"周俊说，"抗敌自卫会要改选，要换掉那姓杜的家伙。我正为着这事情苦恼，在九里，除了那姓杜的坏蛋之外你知道还有什么人呢？"

"没有，简直没有一个好东西，他们许多人都是半斤八两，……我们九里人不会比别处人傻，我们知道他们的底细，这些人都是恶鬼！"

"那么为什么你们自己不起来呢？"

"我们自己？唔，这是不行的。我们有什么呢？我们也不是英雄好汉，我们立不出章程来，我们只会胡搅，……"

"你错了，英雄好汉正是你们，在明天的大会上，你，还有别的人，都叫他们来吧，叫他们都起来说话，他们反对什么人都可以说的，这正是老百姓说话的时候呢！"

"不，这是不行的，如果是这样，老百姓会连那开会的地方都不会去的。我们有什么好说的呢？老实告诉你，我们要不然就当土匪去，当土匪，是的，当土匪是很好的，我们有什么要向他们说的呢？要不然，岂不是一样的每天进进澡堂，上上茶馆，马马虎虎的过日子算了，……"

那饭馆老板起初进来的时候表现得很好，可是在谈话中间慢慢的也就变得狡猾起来。他会怪异地嘻嘻的笑着，或者紧闭着红肿的双眼，默然地半声不响，像在弄什么鬼，他的冒冒失失的变幻莫测的表情起初给人一种空虚的感觉，可是慢慢的又会令人对他发生一种爱好。他好像乘兴而来，败兴而去，最后竟是鬼鬼祟祟，躲躲闪闪的溜出了周俊的房门。

他边走边唱：

……请到顶公来呀，……

高兴的时候就把枪口对着九龙坞，

砰——放他一枪，……

我笑着——回答那鬼子：

——多谢，多谢，

你还是守你的顶公，

我还是上我的茅山，

我们两个眼对眼的望着，

（哼，你不要太凶了呀！）

我们还是讲和的好呵，……

要不然——

隔着那芦苇做成的墙，周俊清楚地听见。他叹息着，又开始对他的女人发出詈骂。直到很久之后，周俊在梦里仿佛还听见他的声音，他好像又在哭，并且怀着更大的仇恨。

改选开始了。这已经是周俊到九里来的第五天的早上。

在统一战线的整个斗争过程中，期望着一次改选可以解决一切的问题，把工作的前途寄托在改选上面，因而孜孜于在人群机械地去辨别善恶，幻想着从千百个坏蛋中去找出一个杰出的人物来，把革命的重任付托给他，……

这一切都弄得很糟，就连改选这事情本身都是糟透了的……

周俊以丹、句、金、镇四县抗敌总会的特派员的资格来出席这改选大会，这改选大会在九里的季子庙举行。

全九里的乡、保、甲长、村的抗敌会、学校的代表都到会了。季子庙拥满着九里的市民。李孝良、黄南青都到会了，还有九里的镇长，……只有抗敌会的主任理事杜荣秀先生不曾来，听说杜荣秀先生是病了，……

在季子庙东边的一间茅篷子的门口，黄荣新的哥哥，那饭馆老板把周俊拉住了，他秘密地严重地对周俊这样说：

"今天九里的老百姓说不定会做出一件事情来的，……"

"什么事情呢？"

"……我们都说过了，我们必得给杜荣秀那混蛋吃一些亏。杜荣秀那混蛋带的自卫队都不是好家伙，在九里街上大摇大摆走着的人都不是好家伙。"

"你搅鬼？"

"是的。你明白我们九里人说的什么话，……九里人不是傻瓜，九里人是顶会搅鬼的，……"

他狡猾地嘻嘻地笑着，像一个奇怪的黑影似的隐身到茅篷子对面的狭巷里去了。

开会的时间快到了。群众来得更多，把季子庙拥挤得紧紧地。周俊驼着背，满头是汗，一来一回的在主席台上跨着他的长脚踱着。他失悔这个改选大会召集得太快了，一切，一切都没有准备好，在上层统一战线方面，他如果单纯的给予杜荣秀严厉的打击，这有什么意思呢？结果杜荣秀给打垮下来之后，又是第二个杜荣秀起来代替了他，那么他就只能够在这个小派别的纷争中可怜地尽了锤子的作用。在下层群众方面，他们是起来了，可是也只是到会场里来玩一玩，看一看，在他们的眼中，周俊还不过是一个特殊的、超等的、新鲜有趣的人物吧了。

"现在好了，九里来了一个'有权力的人'，……"

"他会拿出主张来的。"

"杜荣秀那里去呢，这混蛋，……"

"要请他出面才对呀！"

群众平静地很能够守秩序似的，然而非常严重地保持着缄默，虽然他们之间还免不了要交头接耳。他们仿佛在作着一种欣喜的等待，他们决不使自己发生任何骚乱。在季子庙的门口徘徊着的人，兴奋地、趾高气扬地走到南街，走到东街，又回到季子庙来，带来了更多的人，把季子庙拥挤得更紧了。

他们听到说，那"有权力的人"是专为解除九里市民的痛苦而来的。

……九里的市民处在从宝坻方面开出的日本兵直接的威胁底下，而又为那些维持治安作借口，实则盘剥、抢劫、不务正业、蛆群一样生活着的人们所穿蚀。这些人把持着地方的政权和武装，自成为一个法庭，在自己的家里附设牢监，他们压迫市民，随意的把一个人拘捕，给他镣铐或者更重的蹂躏。同时他们彼此也互相弄鬼，……现在好了，九里来了一个"有权力的人"。这权力寄托在一个人的身上，他要对所有的混蛋执行一种惩罚，令人们欢快、满足，从而便于他自己重又无忧无虑的走进茶馆，走进澡堂，把日本人的杀戮，汉奸亲日派的横行，绅士流氓的盘剥、抢劫摆在脑后而置之不闻不问。

群众厌恶抗敌会；厌恶青年团体，——因为他们厌恶与这些抗敌会并存的许多穿蚀人民的混蛋。

在南街的一间食物馆的门口，有一个市民殴打一个青年抗敌会的会员，这就是黄荣新的哥哥，那冒失鬼，他殴打和黄荣新一道走的那个小家伙，黄荣新的友人。

那饭馆老板唱着歌，张着阔大的肩膀，把那小家伙撞倒在地上，而且野蛮地踢了他一腿。

饭馆老板昏蒙地眨着红肿的双眼，两手交叉在胸口，镇静地看着那小家伙从地上爬起来，而且等候着当他爬起来之后又要做些什么事情，同时唾骂着黄荣新：

"哦，看你这样子，快当理事长了，人家会选举你的，你这个不要面孔的东西！"

黄荣新狡猾地很快地溜到别的地方去了，可是他带来了好些个自卫队。

自卫队严重地把饭馆老板抓住了，反剪了他的两手，用鞭子鞭破他的脸孔。

黄荣新对着自卫队这样说：

"你们把他带到杜荣秀先生那边去吧，杜荣秀先生今天手里还有权力，我是拥护他的。你们告诉他，这是黄荣新的兄弟，一个讨厌的疯鬼，你们要把他监禁，要把他吊在脊梁上，都可以的。"

另一个市民夺下了自卫队的步枪，而且用斧头砍坏了被缴械的自卫队的手。别的自卫队开枪了，赶走了那夺枪的市民。在纷乱中，有三颗子弹一同射中了饭馆老板的头部，整个的脑袋完全炸得粉碎。

群众骚乱起来了。

有企图的人在人群中大声地叫着"日本兵！日本兵！……"

"不要乱跑，……同志们，静下来，要注意汉奸的捣乱！"

只有周俊一个人叫出这样的单调、生硬的语句，而且他的声音是那样微弱，谁也没有听见他。

庞大的堆叠的人群从季子庙崩陷下来，整个的会场完全陷于可怕的纷扰。从季子庙崩陷下来的人群向着东街，向着南街，小孩子和女人作着惨叫，油团子的油锅、糖果摊，……被推倒下来了，野菜、荸荠、蚕豆、鲫鱼和喂喂，在那坚实的石板上跟着人的飞奔的脚步在滚动，巷子里从大呼大喊迅速地变成了死的寂静，由于被践踏而受伤的人们的呼喊声也停止了。整个的九里镇完全在一种纷乱、愚昧、不能冲洗的恶浊中屈服地低下头来。

三

周俊，那中学生在九里的短短期间的工作完全宣告了失败，他最少已经是劳而无获。他得到了什么呢？在九里那个晕黄色的池塘里，他不过天真地投下一个石块，鲁莽地、毫不经心地叫那池塘里的水翻腾了一下罢了。

但是郭元龙不能没有责任。

郭元龙不召集开会，由于对周俊怀着敌意和轻视，他是采取放任和不管的态度，他完全放弃了对周俊的领导。另一边，他自己却弄出了许多的名堂来。

没有战争，就没有了他的事；只要日本人不来，他就空着。

他集中精神去弄表，弄手枪，弄马，……

宝堰的维持会长突然不送情报来了，把关系弄断了。后来才知道，这是因为郭元龙同志没注意他的环境，要他买东西……

常备队被洗刷的分队长成德铭，那个狡猾卑劣的家伙，送给郭元龙一对黑皮鞋，而且是已经穿底的、破旧的。郭元龙老老实实收下，得意洋洋的穿了起来。在延陵难民救济委员会的门口，穿着皮鞋走过去。成德铭那个坏蛋以及他的徒弟们，做了郭元龙很好的从属。

九里抗敌自卫会被杜荣秀那个鸦片烟鬼把持着，整日里不做别的，只借新四军的名义在街上乱抽捐税；但是有一支卜克手枪送给了郭元龙，郭元龙为了答谢他，用一种永远不能打破的沉默掩护着他。当改选大会的那一天，杜荣秀假说有病，实则为了逃避责任。为了捣鬼，他从九里走到延陵来了，在郭元龙的房间里躲藏着。

周俊垂头丧气的从九里回到延陵来了。他要郭元龙召集开会。郭元龙回答他："这不关你的事。"

"为什么不关我的事呢？"

"这是一种秘密，你最好不要去过问。"

"哦！这是工作委员会的秘密吗？"

郭元龙检查周俊的入党登记表，决断地说：

"同志，请不要发脾气吧，你只有六个月的党龄，还没有资格参加工委。"

周俊问他看过了司令员的信没有，郭元龙一句话完全加以否认。

这天下午，周俊又回到司令部来，要求司令员解决他们的问题。

司令员立即派总支委书记和他们一道回到延陵，向郭元龙开展斗争。

郭元龙变得和善得多了，面孔也没有怒容，深陷的眼睛狡猾地转动着，仿佛很容易陪人家作一个笑脸，跑起来一拐一拐的，好像下了决心，抛绝了那些终究要引起人家攻击的事，既然抛绝了，也就没有什么别的牵挂了的样子。看到周俊的时候，很客气的点着头。不过这不是说他已经没有了骄傲，他正在时刻的给周俊警示着：

"请不要误会吧，我们共产党员是有礼貌的，可是这礼貌主要的是对从长远斗争中锻炼出来的同志，而不是对你，……"

晚上，和郭元龙作了个别谈话之后，总支委书记好像把一件事情处理完妥了似的轻松地说：

"怎么样，周俊同志，林纪勋同志，是不是要开一个会呢？我已经和郭元龙同志谈过，郭元龙同志完全承认了自己的错误，接受了党对他的批评。"

"这样说，是不是事情就算完了？"

林纪勋同志提出这样的问题。

总支书记一面看了看周俊，征求周俊的意见，一面开始作着解释。他说话很慢，北方人的牙音很重，语调拉得很长，总是在很确定、很决断的语句底下接上了疑问号。

但是他并没有答复林纪勋刚才提出的问题。

林纪勋、周俊一致提议用会议的形式来解决他们的问题，总支委书记同意了他们的提议。

郭元龙穿着自制的中央苏区时代红军的军服，双手插在衣袋里，挺着胸脯，腰带束得很紧，他不要坐凳子，喜欢在地板上一步一步的走，回转头，又走，把他的黑皮鞋的声响掩盖了总支委书记关于这会议内容的说明。

他第一个发表意见。

他首先说明自己在延陵地区工作了三个月之后，已经引起了敌人和汉奸的注意，因而他现在所住的房子是一个有着前后门的房子。接着他分析溧武路以北整个地区的敌情，连带说明了他在延陵的工作计划，关于常备队的行政工作的建立和反游击主义习气的斗争也说了。以后呢，他告诉了周俊和林纪勋目前的工作方针，顺便教训了他们一顿。

而总支委书记的关于这个会议内容的说明，在他的黑皮鞋的激昂的音响下已经变成了一点影子也没有。

"还有呢？你对他们两位的意见呢？"总支委书记问。

郭元龙的话一讲完，就坐下来，可是他又觉得在地上一步一步的走要来得好些，当大家沉默着的当儿，就让他的黑皮鞋声轰然地响着。

"有什么意见呢？这就是我的意见。"

"既然没有意见，那么就请你对自己执行自我批评吧！"总支委书记说。

郭元龙突然停了脚，凶恶地、忿怒地禁止似的说：

"什么？自我批评？是不是要我对他们两个承认错误？"

"不，是对组织，并不是对他们。"

"那么首先应该由他们执行自我批评，周俊同志你说吧，思想斗争是站在教育同志的立场上，而不是攻击一个同志，但是你不是教育而是攻击！你反对负责同志的领导！在统一战线中你做了人家的尾巴，你联合青红帮头子黄南青来攻击我！你和林纪勋同志进行小团结！"

镇静些，准备着斗争吧，为了做一个共产党员！当郭元龙雷电交加的强烈地发扬火力的时候，周俊这样对自己鼓勇着。他时常对林纪勋说："痛苦的时候，就望着列宁和那金黄色的星！"但是他开始纷乱了，脑子胀得简直要炸裂开来，他愤恨郭元龙，像愤恨一个仇敌，他觉得自己在理论上并不是不能够把郭元龙打垮下来，但是郭元龙的骄傲把他整个的否定着。他想到好像自己这样的人是不能和郭元龙有斗争历史的同志相比拟的，这时候他就失却了斗争的勇气。郭元龙的凶恶的声音在他的耳朵边一轰过，他就慢慢的软弱下来，至于像小孩子似的要求着哭喊一场，……

他坚定地、矜持地回答郭元龙，指出郭元龙骄傲，看不起新同志，对工作不负责，是一个严重的错误。

郭元龙沉默地听着，眼睛更加深陷下去。他倚着桌子，泰然地、神采焕发地把上身微向前伸，用两只指头敲着桌子，一面计算着周俊说出的字句，一面表示自己接受或反应的程度。

当周俊在统一战线的问题上作着申辩的时候，郭元龙插嘴说：

"这是尾巴呵！同志！你知道么，这是右倾机会主义——老牌的尾巴主义！"

"不！这是毁谤，这是诬蔑，这是为了掩盖自己的错误。郭元龙同志你说吧：你的表呢？你的卜克手枪呢？还有你的黑皮鞋？这些是从哪里来的呢？都是统一战线的成绩么？"

周俊逐渐的镇静起来，他已经能够在发言中整理自己的材料，而且开始用诉苦的音调盘问着郭元龙。

郭元龙暴跳起来，他咆哮着，甚至野蛮地推倒身边的桌子。他否认这个会议的意义，挺着胸脯，踏着阔步，头也不回的走他的去了。

四

元龙、周俊、纪勋三同志，你们的"斗争"已经陷在无原则的纠纷泥坑中，现在决定你们停止这个"斗争"，对于你们暂时不作任何结论，因为在组织上，不管从哪一方面来说，都不能从这斗争中得到什么益处，而且现在没有时间可以让我们的同志在这些问题上去进行有趣的辩论。……一个共产党员应该鄙弃这种胡闹的行为，立即丢开这种行为，但是你们必须把工作紧张起来，一切服从工作的利益，也就是服从党的利益。工作是太重要了，把工作放在第一位，用一切的力量去对付它吧！要注意着在那一处工作存着弱点，党就要在那一处遭到损害。日本人的扫荡就迫在眉睫，工作的成功失败要考验着全军、全党，同时考验着每一个人。战斗的胜利，将根据工作上努力的程度……决定寄托于那一种人的身上……

一个大雪纷飞的早上，郭元龙的房子给许多的人：常备队、彪塘和柳茹的抗敌自卫队，以及睡巷里的冬防队的同志们挤拥着，快要把房子挤裂了。人们尽力的挤，没命的挤，也不怕把队伍弄乱，因为你是彪塘人，我是柳茹人，不管乱到怎样，他们还可以彼此区分出来。挤着，望着郭元龙住的那房子，都拉长着颈脖，雪花当着脸飘下来，只是用手一抹，鼻子都冻红了，张开着的嘴巴喷着白气。穿军服的，没有弄到军服的，穿长袍子戴军帽子打绑腿的。——郭元龙住的那房子的门口，在无数惶然、焦急、带着无限忧愁的视线的追射之下快要冒火了，……都拉长着颈脖，都还是尽力的、没命的挤。从那门口出来的人，又茫然地望着那些在挤着的人，他们满足了，却还是茫然，于是随着人的波浪向两边分开，走向北街，走向南街，南街，北街都挤得满满的了。

郭元龙把司令员的信抓在手里，看了看，又把深陷的眼睛向着人群。

分队长彭杰，那"老木匠"，还是穿着日本大衣，把腰束得很紧，这日本大衣增加了他不少的威武，这是他亲自从日本人身上剥下来的。……他爱惜自己，爱惜战士，更爱惜郭元龙。他站在郭元龙的身边，只要郭元龙怎么说，他就服从，而且立即把郭元龙的意思用来代替自己的意思。

群众还是簇拥着，把门口弄得水泄不通……在两个人的腋下挤出了一个散乱的头发撒满白雪的头，滑溜着眼睛看了看郭元龙，满足地用舌头舔去了从头上滴下来的雪水，又缩回去了。雪在下着，没有风，还是鹅绒一样的飘着，在半空里卷旋着，快乐地在飞舞，有时像一致地喝彩似的撒下来，在白的天空中缭乱地闪着白的暗光，像最轻的金属物似的簌簌地发出微声，撒下来，撒下来，在帽子上，头发上，刺一样的胡子上，红的湿漉漉的鼻子上，在那各式各样的衣服上。人们有时会觉到怪异似的互相凝视着，一种原恕的善意的微笑在嘴角边掠过，于是拍着手，捣着衣襟，摸着湿漉漉的鼻子。他们和分队长、中队长、政治战士、指导员以及更多的一天一天选拔出来或配备上去的新的干部，而且和郭元龙一块儿在等待着，……是的，好像是在等待着，等待着什么呢？雪是不会停止的，还是下得更大。郭元龙——人家会信任他的，因为他勇敢，粗卤而又精细地了解一切，他是从三年游击战争中出来的，他的身上有七个伤疤。他懂得作战。在战场上，当许多人心惶意乱，或者吓得不敢抬头的当儿，他的凶恶的深陷的眼睛会不可思议地给他们无限的鼓舞和安慰，而且自始至终的领导着他们。如果郭元龙不叫"干"，不叫"出动"，却老是缄着口，那么，他们为了表示爱惜和尊敬，他们会对他发出询问的。不过只要跟着郭元龙在一块，他们就懂得干的时候干，出动的时候出动，等待的时候等待了。郭元龙是不是已经分析了敌情呢？新四军到底又消灭了一个什么据点呢？还有那配合着日本人从背后攻来的顽固派……大家都说，"是不是请他们到这里来，在距日本人一里半的地方住一住，看一看茅山的雪景？"忿恨着，可是也不免发生一种松懈，觉得回到家里去的好，或者由他们来试试看，也可以让自己休息一下，而从日本人的手里转到中国人自己的手里，也正如以前从中国人自己的手里转到日本人的手里，都是半斤八两，而且都是惯了的！新四军不答应吗？还是打他的游击去吧！至于……如果有谁下了命令叫回到家里休息的话，那么，即使得不到鼓掌，大家互相沉默着，装出那腼腆的怪难为情的面孔，也还是一种拥护，……

雪下得更大了，从瓦砾场上重新草率地建筑起来的瓦房子或草篷子的屋顶都盖上了厚厚的雪，都有一个清晰的令人一看而觉得愉快的图画一样的角度，都显出美丽而均齐的轮廓来。在那破烂的，处处重新建起，处处显得草率，显出准备着敌人一来就把整个的商店抬着走的样子的。那破烂的街上，那狭窄的两边的屋檐互相衔接的巷里，无数的战士们的粗硬的脚，从破鞋子，从草鞋（连草鞋和破鞋子都没有的就从脚底直接）发出热力来，在那杂沓的布满着全街道的黑色的大大的足印上把热力保留着，使鹅绒一样的雪慢慢的增加重量，往下面陷落，冒出黑的石子，变作一丝丝的流水，混着泥浆，成为黑的沟渠，流动起来，无穷尽的散发着冷气。

周俊无力地，衰颓地沿着破烂的街的屋檐下走，踏着从雪里冒出来的黑的石块，跳过去，倾斜着上身，跟跄地然而矜持地用全力控制那快要跌倒似的剧烈地摆动着的身体，好几次被固定地阻遏在拥挤的不能冲破的，而且一个个都野蛮地、凶恶地以盛怒的目光相向的人群中。……郭元龙呢？郭元龙的凶恶的叫声以及他们一派洋洋得意的样子在他的心里倏忽的一掠过，他就要悲哀地感觉着难受的寂寞，他害怕这人群，甚至要从这人群远远的避开，因为这些战士们为什么而来，为什么而集合成为这样的庞大的队伍，恐怕也是为着装饰那骄傲的、不可一世的郭元龙，是这样的吧？不错，他心里会是这样的想的。

当周俊挤进了郭元龙的房子，在郭元龙面前出现的时候，那些等待着而且跟着郭元龙一起等待着的战士们，都惊愕地对着周俊那异样的长而瘦削的影子投射了一眼，都屏息着、静待着郭元龙要和那仿佛第一次见面似的很生疏的学生子说些什么，并且从而分别出他们彼此之间是一个怎样的关系。郭元龙的鼻子总是稍微的向上翘起，眼睛依然是深陷，瞳仁依然收缩着。

郭元龙把司令员的指示信交给了周俊。

在许多人的怀疑和焦急的目光的迫视中，周俊开始读着那指示信，接受着司令员在那上面的指责和鼓励。奇迹地像受了慰抚似的恢复了镇静，恢复了固有的热情和勇武，也敢于张开着眼睛去正视那簇拥着的众多的人群。人群的目光却还是非常的严峻，仿佛在嘲笑着：受教训的应该是周俊吧？至于郭元龙，群众是会把他除外的！

"怎么样？把信看完了没有？"

"看完了。"

"看完了？"郭元龙仿佛善意地微笑着，"现在我要来分配你的工作了。你是欢喜打仗，还是喜欢什么？是的咯，打仗，你是不来的，那么还是到九里去吧！……"

"苦闷呀！苦闷呀！我的心里老是记着郭元龙！"周俊这样对自己说。

雪在下着，没有风，还是鹅绒一样的飘着，在半空卷旋着，快乐地在飞舞。白的屋顶，白的树，白的田野，发射出电青色的艳丽的白的光焰，直刺着眼睛，愈看愈觉得缭乱了。周俊垂着头，尽力使上身向前倾斜，沉重的包裹像一个怪物似的用痛苦的爪捕捉着他长而驼的肩背，叫他的身体无可奈何地、空洞地在空间里发出剧烈的捣动。

"苦闷呀！苦闷呀！让我从心里丢了吧！丢了郭元龙那怪样子！让我时刻的感觉着：我并不是为郭元龙个人而工作；让我麻木；让我减少一份痛苦！"

"你看雪！"周俊继着说，"雪是严酷的，它是那样冷，那样洁净，它象征着灵魂的一种苦难，一种冷的洁净的苦难，就好像一个革命者的灵魂所受的苦难，……"

他停了一停。

"我读过一篇小说。那小说里所描写的是一种黯淡的、荒凉的，革命者所遭遇的事件，也是雪一样的既严酷又鲜丽的。我喜欢革命的痛苦的一面，我同意那种既然做了一个战士就没有了笑的说法。笑如果不是轻浮，不是秽亵，也将是一种雪一样的冷的洁净的、痛苦而庄严的笑。同志，斗争是残酷的，我们呢，痛苦的时候就望着列宁，望着那金黄色的星！"

他走得变慢了些。雪不停的落下来，鹅绒似的飘着的雪，在他的坚决而绝望的眼睛的迫射中幻梦地一片片的落下来，落在屋顶上、树干上、田野上，用它们的冷而洁净的闪光璀璨地相互辉映。

"革命，"他激动得几乎要发狂了似的说，"它要拯救人，可是在某些问题上面有时也委屈人。被革命的裁判委员会宣布死刑的人对于自己的死是默不置辩的，因为他知道，他的死也还是为了革命。因此我喜欢斗争的残酷，我喜欢斗争的坚决和无情！"

林纪勋年纪比他小，他面孔发红，尖尖的鼻子，黑的很长的睫毛，一对热情的眼睛火一样的燃烧着。他穿一身短而合称的棉军服，把腰束得很紧，在走过那小小的田径的时候，不时的有意地叫自己因了雪的陷落而跌倒，使结实而漂亮的姿影在雪的照映中发生闪动。周俊善感而悲戚地转回头伸手去搀他，眼眶里簌簌地滴下了眼泪。

"再会吧，同志！不，你不但是我的同志，而且是我的朋友！让郭元龙去说我们是小团结吧。受了委屈，算得什么……再会，好好的工作，不要学我老是记着……痛苦的时候，就望着列宁，……"

于是和林纪勋紧紧地握手了。

射击开始了，在九里。

枪声坚实地，尖锐地飞散在河的西岸，低空里闪电似的流射出铁的令人目眩的光焰。一堆堆掩藏在墙边还未参加开火的战士们，持着枪，佝偻着背脊像中午的猫似的眯着双眼，朝着一个单一的方向，对那年轻的指挥员怀着无限深情似的珍重和作着等待，等待他的派遣，等待他在自己的行动上作出好与坏、坚定与动摇、勇猛与懦怯的结论来。用毕生的注意力在等待着，在那狭窄而破烂的街的两边，指挥员的命令叫他们敏感地小心地接连不断的变换掩藏的位置，却还是持着枪，佝偻着背脊，……用毕生的注意力在等待着。短而肥胖的机关枪的射击手，戴的日本钢盔，忧郁地、灰暗地使自己沉醉在机关枪的木柄上面。他把机关枪架在桥和街口中间的石板上。短而肥胖的身体和机关枪构成一条直线，机关枪像狼似的凶恶地逼视着前方，喷火口两边的空气混着尘土，铁一样坚强地作着卷旋，子弹壳子流水似的哗朗哗朗地在石板上发响。这边的射击一停止，那边日本人的机关枪就接踵的向这边的机关枪阵地作反击。戴日本钢盔的射击手侧着身子让他一大串的子弹用无比的强盛的威力击落了他头上相距约三分米的柳枝，柳枝一节节在寸断，在纷飞。

九里街上的市民都退到九仙和冈村方面去了。周俊离开了人群，独自个在那寂寞的街上匆匆地走着，紧张、无聊而且懊恼。他还是最初第一次参加这战斗场面。他要在杂乱的枪声和掷弹筒的吼声中极力地使自己镇静，而且尽可能有意识地明白清楚地在战斗中认识自己的岗位。枪声紧密地接连不断，战斗在继续着。一间关着门的商店被掷弹筒击中而起火，战士们冒着敌弹在河边取水，扑灭那熊熊地燃烧起来的火焰。周俊被夹在那为了灭火而忙乱的战士们的群中，泼水，努力击碎门上阻隔着的木板，处理从商店里搬出来的凌乱的货物和用具，最后看着那火在一缕缕的白的浓烟中慢慢地熄灭下来。

群众散布在田野里，像潮水似的涌动着，他们仿佛被赋予着一种可笑的异样的敏感，一声叫喊，一个谣风，一颗小小的开花子的炸裂都可以叫他们发生严重的惊惶，顷刻之间被提心吊胆的惧怕心理所支配，通通作一个向后转，又是鸡飞狗跳的奔得四散。新四军……给打垮下来了！严重的提心吊胆的惧怕心理这样提出发问，……可是新四军与日本军隔河相处，中间发生的事情是流血，是惊心动魄的残酷的战争！战争，历史上虚幻地……或者从别的处所远远地传闻着的，如今发生在吃饭、作息，普通的日子中间。一种新奇而欣幸的战栗的情绪在面孔上掠过，彼此之间仿佛作了一阵鼓勇，于是紧缩着上身，踮着脚，慢慢的又向着九里街上靠拢。战争殷勤地千方百计地向他们作邀请，叫他们不管怎样的难为情，怎样的格格不相入，怎样的企图躲闪都不能辞退自己的位置。这是血的严重的邀请，这邀请给予他们疾病似的绝大的怅惘和痛苦，要他们改变自己，牺牲自己，以流血、残酷的战争行为造福广大的人群，……

香草河静静的流着，像一条……带子，累累地联结着数不清的村落。这些村落永远是那样平淡、单调，单调得几乎从他们之间不能区分出彼此。小河流、牛车篷、木桥、瓦屋，以至那云雾似的、从远到近、处处散布着、堆叠着的茅草篷，都只能够给予人们单调的印象。那是比之地图上所指示的它们的名称、位置和方向都还更单调些的吧。……新四军的兄弟们，在战斗中熟习这些村落，犹如熟习自己身上的纽扣。这些小河流、牛车篷……这些村落，在他们脑子里成为活的地图；他们如鱼得水的在自己的土壤上面俯仰自如的游泳，叫这些村落以及生活在这些村落中的人们也熟习他们，人们将惊异而叹服的巩固了自己的信念。目击新四军作战的英勇而感动，至于亲挚地称为自己的队伍，而且叫自己也成为这队伍的一个。……因而战争不断的发生于这一村落和那一村落之间，战争将令人们提高自己，使他们骄傲而自尊；一个战士的入伍以至战死将令人艳羡得滴下泪来。

年轻的指挥员客气地很抱歉地作着笑脸，从桥的那边一拐一拐地走下来，他低声这样问：

"你是在郭元龙同志的工作队那边的吗？"

"是的。"周俊回答。

"那很好。这里……马上就要解决战斗了，这是很快的事情。可是宝堰方面日本人的增援队要开到这里来也不会很久，……你马上去动员群众，要群众赶快把我们的伤兵抬走，快些，去吧，去吧！"

年轻的指挥员——这个中等身材的漂亮的湖南人微笑的有趣的声音，非常诚恳地、亲昵地对周俊作着无限鼓勇。这微笑的有趣的声音传出来铁般的一种坚凝的重量，周俊因了承受这重量而快乐地严重地弓着他的薄而修长的背，至于宽舒地一声声发出呛咳来。

在那丝线一样细小的湿漉漉的田径上，周俊急急的走着，从香草河南岸发出的敌弹尖锐地叫鸣着，落在两旁的水田里，溅起高高的烂泥。敌弹像恶魔似的紧紧地尾随在他的背后，在别的田径上散乱地走着的群众已经有三个中弹，倒下，像沉重的大石块似的滚到水田里去。

恐怖、纷乱，像可怕的无从医治的疯痫病，把群众折磨着，没有这样一个有权力的人，他能够下一道命令叫他们把恐怖散乱从身上去掉，叫他们立刻站起行列来，叫他们接受一个任务，叫他们前进，后退，在战场上去进行血肉的战争，……

在九里，新四军最初第一次和敌人作战，最初第一次战胜了敌人。他们以小小的一个连击退了敌人一个中队的进袭，从西旸来的敌人的一个中队进不得九里，在香草河的南岸，敌人整整的一个小队被消灭了，缴获了步枪、军刀和战马，……

第二天的早上，有两个联队以上的日本兵，他们来自珈陵、丹阳、白塔、金坛、珠琳、薛埠、南镇街、白兔、宝堰和句容，集中在九里和延陵，在追索新四军的两个连。细雨迷濛中，他们在延陵街上第二次燃起了冲天的火焰，不到半个钟头的时间就把整个延陵彻底地完全毁灭了。火焰很快的熄下来，黄黑色的沉重的烟幕，悲哀地、低徊地抱着褐色的田野接吻，缭绕着，哭诉着，在香草河的高高的河埂上，日本兵用机关枪扫射田野里潮水般涌动的人群。

　　游动在九里西北的新四军的两个连，乘着宝堰的敌人向九里开出的时候在袭击宝堰。而当他们向着花山方向转移的时候，却遇见了敌人强大的马队。

　　细雨停止了，花山的尖顶压着云卷，红脚草和山茶的气味混和着令人颤抖的寒冷，从处处田野里的血淋淋的尸体发散出来的血的气味，在寒冷中传出一种坚凝的寂寞，凄苦的情感，令人凛然地追慕那历史的英雄突击的伟业，用战栗的虔敬置身于那红的血，雪亮的刀，灰白、紫黑、褐、赭的战马，和那寂寞、凄苦的褐的田野互相辉映的画景中。对着敌人和自己都给予神圣庄严的赞叹与歌诵。新四军，小小的两个连，在敌人的强大的马队的围攻中，坚苦地冲过那长满着毛刺球和枯死的野栗子的斑斓的山岗，有一排迷惑地贪恋地投入那庞大的狂风骤雨的马队里面，没有一匹马敢于放蹄在他们的身上践过，没有一个日本人敢于奋身阻遏在他们的正面，手榴弹的炸裂和马的狂骤互相冲激，直竖起来的马，由于和手榴弹的爆炸发生合抱而至迷醉地麻木地掀落它顽强而自尊的骑者，高扬的手把雪亮的刀抛向空中。日本人下马了，他们以纵身一跃的盛炽的战斗企图对他们的敌手作痛快直截的搏斗。这是好的，新四军的指挥员不会吝啬自己的身躯，去迎接那锋利无比的日本军刀的试练。

　　"我看见了，那三个拿刀的日本人！"一个结实瘦小的江西人这样叫。他的手里拿着最后的一个手榴弹。

　　"同志们，……我同意你们这样干！"年轻的漂亮的指挥员坚决地说。

　　三个拿刀的日本人在手榴弹的爆炸声中倒下了，潮湿而发松的泥土在空中飞舞。于是有二十多个骑兵越过高起的坟地，绕着干涸了的水塘的岸边冲了过来，他们全是天鹅绒样的黑色马，在浓白色的薄弱的太阳光下，日本人的黄色军服和黑色马幻梦地融化在一种令人目眩的紧张的气体中，他们手里执着的雪亮的刀仿佛因了杀戮的冲动而至于疲困地在黑的马腹上低垂着，而且显见特别的修长。新四军，不完整的一个排，散乱地依托在那褐色的田野上面，在作着寂寞凄苦的等待。日本人占领了一个残破的旧式碉堡，从那碉堡上面用三架机关枪的火力冲洗田野的一角，掩护马队的进袭。他们用粗犷的声音发出呼叫，胜利地目击那田野上的敌对者在三架机关枪的火力的冲洗下坚持最后的一瞬。新四军，他们的手榴弹也快完了，大概都是仅有的一个，他们却还得坚持，直到那仅存的手榴弹都从他们的手中抛出，而且直到他们的枪刺和那雪亮的长刀交接之后，……

天又下着微雨，夜空里一团漆黑。周俊为了动员伏子而走遍所有的田径。他深深地感觉到，战争一开始，一切的工作就远远的落在战争的后头，在战争迫切地要求着群众工作拿出成果来的紧张的情况下，还是让他一条田径又一条田径的永无边际、永无着落的走着！……漆黑的夜空给予人们一种空洞的、无所凭借的战栗的预感，湿漉漉的泥泞的田径像蛇的背脊似的捉弄着脚底，叫人疴痒的四肢痉挛，浑身瘫软。他屡次跌倒，屡次的爬了起来，把衣服都弄湿了。漆黑的夜把整个宇宙作一个总的否定。茅山、九里庙、广阔的田野，沿着香草河的岸边错落地散掷着的数不尽的村落，都服从于一个总的无光的色调而幻灭了自己的身影。周俊低低地叹息着，被一种灰色的伤感所烦扰。有时候他突然地紧张起来，心里想着他的工作将如何因了九里战斗的胜利而顺利的展开，……工作的胜利会鼓勇他的。当他被痛苦围攻下来的时候，他特别地需要鼓勇，痛苦会使他像一条小茅草似的嫩弱地垂下头来。这好像一阵可怕的风暴的来袭，当他被击倒下来的时候，他是这样的庸碌、卑怯，竟至于全身发抖。他会想起郭元龙，想起他工作上生活上所有一切的失败，至于慌乱地无灵魂地举起了抗拒的手。没有一件事不使他伤感，没有一件事不成为他痛苦的根源，并且他是孤立的，他对于一切人都抱着怀疑和敌视，这怀疑和敌视每每叫他陷于惨淡的被围攻的地位。他的勇气像一重纱似的单薄地卷盖着自己的惨败与破灭，而生命力的贫乏使他乞怜于别人辞色之间的善待和尊敬。

"坚强起来吧！"他矜持地对自己说，"积极地……而且快步地赶上战争！"

九里的群众基础太薄弱了。日本人的更大的扫荡就要到来，而又处在宝堰的敌人直接的威胁下，……由于日本人的烧杀政策所造成的恐怖，一时在群众中紧紧地压服着，一切工作都很难展开。九里的自卫队为了斗争的需要而合并到延陵方面去，九里镇的镇长在夜间秘密地派人到处去放枪，在农民中制造恐怖，另一边用维持治安的名义强迫农民出钱去买枪，或成立自己的和延陵方面相对抗的自卫队，杀害新四军在往来穿插间脱离部队的战士，诱动青抗会的负责人，叫他们到宝堰去向日本人自首，……

周俊，那少年工作者的努力始终一无成就。而当他最后宣告束手无策的时候，司令员就来信把他调回到部队里去。

五

三月，当茅山的桃花凋谢了的时候，周俊一个人从瓦屋山方面越过溧武路，又回到他原先的工作地——延陵来了。

香草河静静的流着，像一条金光灿烂的带子，在鲜丽的太阳光下，炫耀地奢侈地泛起那细碎，耀眼的水波。微风从茅山山麓的松林、苦竹、山茶、野栗，从那长长的红脚草与赭色的乱石堆之间，一阵阵徐徐地吹起，和太阳光互相渗透，荡漾着，在太阳光的浴抱中幻梦地吹出轻松、欢悦的调子来，使活泼的小鸟快乐得几乎在颠倒缭乱的飞舞中把翅膀折断；……葫芦草也快乐了，默默地吻着那河水。微风带来欢悦的调子则缭绕于河根的高处，久久不歇地吹送着，吹送到河的两边，吹送到绵亘万顷的田野，吹送到整个的平原。于是麦子也快乐，青的丰盛的叶子从肥沃的土壤里流泉似的喷射出来，这青的丰盛的流泉，泛滥起来了！青的……流泉的泛滥！青的大地！青的海！

他怀着一种迅风疾雨般的险恶的惊喜，独自个在那城郭一样的碧绿而美丽的高高的河埂上走着，望着九里季子庙高耸的屋脊，想起了过去在九里工作的惨败。他的灰色的内心曾经在这里遭遇到可悲的陷落，这陷落对于他无宁说是一种有意的逃匿，由于羞惭和懊恼所造成的痛苦当达到极点之后，就发生一种秘密的、丑恶而快乐的预感，这预感可能使他疯狂地以歌唱代替哭泣。……他是惯于在痛苦中默默地倾听自己的呻吟的一个人。歌唱，当这歌声洋溢在整个空间却并没有被任何人所听见的时候，他的快乐恰恰足以使自己保持灵魂的安宁与镇静。他要求与一切的人们实行隔绝，至于把自己完全隐藏起来。隐藏，这是灵魂的转化点，在当时，再没有比隐藏更能适合于自己的生存的了。

这一切都梦一样的可耻地过去了。

在眭巷里南面夏家村的一间被群众所簇拥的茅篷子里，他和林纪勋见了面。这是一个晚上，眭巷里的群众正在进行破坏铁道的动员的一个晚上。

林纪勋完全变了一个人，他的身体长得高大而壮健，眼睛稍微深陷了些，颧骨稍微高突了些，红的面孔给灯光照得发亮，而他的漂亮、洁净还是一个样。他不再是小孩子，而已经是一个坚强的工作者。周俊在心里暗自发出羡慕，他不明白林纪勋凭什么会在群众中建立这样高的信仰，林纪勋显然已经成为了群众的了不起的头目，眭巷里的群众工作在整个延陵地区是首屈一指的。群众是这样拥戴他，接受他的领导，而林纪勋也信任他们。对于群众的信任该是一种无比的快乐！……看来，林纪勋和他们每一个都混得很熟了，他在自己与群众中间已经奇迹地获得了神秘的精神的线索，凭着这线索他不但可以对群众发出派遣，并且能够估计他们斗争的成果。而他却还是这样的用一种稚弱，坦然的样子来掩藏自己，并没有比郭元龙来得威武些。

林纪勋对周俊这样说：

"在工作上犯错误对于我们是一件最痛苦的事情，我觉得这痛苦也可以说是对于错误的一种仇恨，这是好的。我们因了这痛苦而仇恨错误，并且避免错误。一个人的进步是艰苦的斗争过程，这是谁都熟习，谁都不愿意正视的真理。因为谁也都在计划着，等待着有这样的一个适当的左右逢源的时候。过分的重视一种机缘，一种偶然地发生——对于工作（有时也）尽了挽回危局的作用的机缘。许多人并没有在工作的正轨上努力，却是为了等候这种机缘，寻求这种机缘而把他的聪明，他的时间都花尽了，……"

"同志，"周俊凛然地回答说，"我愿意和你一道进步，可是我承认自己是在探索中，……在探索中，……不错，我这样说似乎是有意的模糊了斗争的方向和立场，可是对于我个人而言我是在探索中。不过，我已经比前单纯得多了，坚强得多了，我惊异我为什么竟是这样快和我的眼泪告别，眼泪对于我已经成为可耻的多余的东西而自告消灭了。我开始鄙弃那由于懦怯而发生的不必要的情感，工作是不管情绪好和坏都要坚持下去的。我追慕着一种时代的典型，我赞许那样的斗争者：他是那样的满身创疤，他带着随胜利以俱来的严重的疲乏，他是杜斯退夫斯基式的长而踉跄的黑影的出现。我愿意学习这样的战斗者，因为他有骆驼的长途跋涉的精神。"

他觉得林纪勋比他强健。林纪勋，那年轻而漂亮的"小孩子"由于走上了工作的正确的途径而获得自己的快乐。他是北方人，父亲是一个赶马的，由于偶一不慎而把洋火点着了马的尾巴，惊慌得从父亲那边跑出来了，（他就是有这样的令人爱慕的经历）后来参加了红军，受过了教育，受过了长期间的民运工作的锻炼；他的面孔时刻的微笑着，他善于简单地发出一种劝解，他的坚定而热情的目光会给予周俊无限的鼓舞和安慰。

"朋友，"周俊继着说，"你知道，我是一个充满着无限深远而明哲的灼见的人。我曾经对你说过，聪明的人只有唯一的权利，就是他必须忍受比一切人都更多的痛苦。这灼见，他远隔着真理，可是迫切地望着真理，在日常生活或工作的场合，他往往暴露出稚弱可怜的破绽，……我期待着，这深远、明哲的灼见有一天要和真理发生合抱，从而证明一个勇敢而有缺陷的青年怎样在斗争中长成起来，并且如同把手掌放进火中燃烧一般的证实：这是一个痛苦的过程，……"

夜已经深了，上弦月像一把镰刀似的挂着，泛着古旧的黄金的色调，铁道近旁的电线紧张地发出凄厉的叫鸣。睦巷里的冬防队已经预早通知了运河岸边的"爱路团"，叫他们把狗关好在屋里，而且把梆子敲得更响些。已经到了时候了，今夜，在铁道上，将和日本人发生剧烈的战争。在前面，有一个连担任了那急切的任务：他们要在一个钟头之内毁灭敌人的一个据点。直接指挥这个战斗的是郭元龙。

从奔牛方面来的一列火车匆匆地开过去了，铁道上，由于火车的狂奔而起的骚动，成为一种沉重的颤栗的低音，依附着电线的叫鸣，久久不歇地在耳朵里震荡着。千人的群众，散布在运河边和铁道上，胆怯地望着丹阳城的光辉四射的灯光，用最高的情绪和最高的速度在工作着。

沉重的铁轨非常不容易地、非常生手地被撬开来了。接着把它横架在铁轨上面，利用铁轨的平滑而向东推移，铁的平滑的声音快乐而悦耳，……于是一，二，三，把它抛到河浜里去。铁的平滑的声音……和千人的紧张的胸脯一同呼吸着，路基的碎石在互相碰触，狂呼起来的声音由于夜的寂静而被严重地喝退了。铁的平滑的声音吸引着千人的群众，千人的群众为了倾听这声音而静默着……千人的群众为铁的平滑的声音所吸引。

机关枪清澈地，爽朗地在叫鸣，……

陵口车站——敌人的据点着火了。

十五分钟后，丹阳城外突然出现了奔驰的火。火光鲜艳地照着铁轨，剑一样的闪亮的铁轨在火光中微微地颤动起来了。郭元龙带领着他胜利地归来的一个连从陵口车站开到运河边来，在掩护群众的撤退。他扼守在陵口的街上，让群众像流水似的从陵口的桥上安然通过。就在这桥边，周俊和郭元龙见了面。

郭元龙从马背上跳下来，但是觉得没有停留的必要，又跳上马背上去了。他咬着牙齿，愤怒地，没命地鞭他的马，却好像并没有要他的马笔直地疾驰而去的意思，不过还是愤怒地没命地鞭打它。郭元龙就是要用这样的一种惩罚来娱乐他的马，叫他的马用高昂突出的胸去冲击两边的街墙，叫他的马强健地发出跳跃，像掷一个铁球到坚硬的石板上叫它滚动一样。

当周俊的影子在他的眼前出现的时候，郭元龙把他的客气的点头混藏在由于马的暴跳而起的跃动中。他弯着上身，微笑地亲挚地和周俊握手，急忙地跳下马来。

"周俊同志，你来得真好！我们将近半年不见面了。"郭元龙由于战斗的胜利而洋溢着愉快的情绪，又热烈地和周俊握了握手。

周俊不自然地大声地笑着。

"郭元龙同志你请客吧！"林纪勋插嘴说。

"好的，明天我们在眭巷里杀鸡。"郭元龙豪壮地回答。他热得浑身汗湿，解脱着军衣，把一件汗淋淋的衬衣剥了下来。

"明天眭巷里靠不住吧？敌人会来寻报复的。"

"管他报复不报，鸡总是要吃的呀！"

队伍在水一样的夜凉中舒畅地作着游动，林纪勋和周俊一块儿走着，在到达横荡桥的时候他挨着周俊的耳朵边低声地说：

"郭元龙同志和你之间似乎并不很坏呢。"

"是的，……"

"我看他对于过去的事情会失悔的。这个人在政治上有他不能击破的坚定性，而且他正在不断的进步中。"

"这……应该怎么说呢？——对于这样的问题我已经没有了什么特殊

的兴趣,而且我觉得过去我们之间似乎并没有发生了什么大不了的事情。"

林纪勋厉害地追问着:

"这是不是表示你对于那些问题已经觉得厌倦了？"

"不,我觉得一切都新鲜起来,……"

"你是仇恨他,还是原谅他呢？"

"我既不仇恨他,也不原谅他。"

"这是……一个原则,你的内心的感觉又是怎样呢？"

"呸,这是原则,这又是内心的感觉,难道我这个人还有更多的东西么？"

于是两个人都哈哈的笑了。

睦巷里的农民当夜回到家里来就开始搬家了。他们要储藏粮食,安放农具,把许多的箩、篓、木器、坛坛罐罐都沉到水塘里去,准备日本人的到来。

郭元龙和周俊他们疲乏地睡倒在冬防队队长的家里,不到多少时候就让那些乱嘈乱嚷的人们弄醒起来。

"你是要到丈山武巷,还是要到延陵去的？"

"你呢？"

"……麦溪,……"

"你不怕人家说你逃跑吗？"

"参谋长有命令！"

"哦,原来,……你是执行参谋长的命令——你不要执行得太起劲了呀！"

"二嫂子,你的毛头呢？"

"我管他干吗,我也不是他的分队长。"

这些人的喉咙都快乐地叫得很响,简直像敲锣子一样。郭元龙翻一翻身,发着脾气,仿佛很愿意用那些快乐而纷乱的叫声来娱乐自己似的,用一种满足的碎杂的声音唾骂着:

"滚你的蛋吧！……"

周俊睡的时间还要短,他很早就爬起来。天已经大亮了,他坐在门槛上写日记，有时停下来，看看队长太太——那漂亮而患着满身的皮肤病的女人，一面弄早饭一面在收拾东西。

"这个防毒面具是谁的呢？"

"不晓得是谁的，这屋子什么人都来过，程营长，××，×××，随他去，谁放在这里，谁会自己来拿的。"

"你也做（慰劳）鞋子吗？"

"队长家里自己不做鞋子，叫别人去做，行吗？"

从九里的晕黄色的水塘里爬了出来的周俊，偶尔听到这样的谈话，都觉得非常新鲜。而当他在那灶壁上看到这样一张条子的时候，他就几乎要笑破了肚皮。

那条子这样写着：

一、在这里吃饭每顿一角八分。

二、睡到半夜向队长太太大吵大闹的要东西吃，是要不得的。

三、凡是放下来的东西都要自己弄好，否则队长太太要麻烦死了，而且会泄漏秘密。

四、脱下来的脏衣服如果随便摆在这里，就是表示强迫队长太太要和他洗衣服，是最可耻的，……

——×××

"这是什么人写的？"

"随他去，这是写来骂人的，……"

这时候，胡家桥那边传来了清晰的机关枪声，——过了一会，就有人向郭元龙报告：丹阳的日本兵已经出动了，他们一路进攻蒋家，向着睦巷里这边来；一路已经到达了丈山武巷……

郭元龙快活地对周俊望了望，一个小心而胆怯的微笑在他的脸上闪电似的一掠，立刻又恢复了原来的样子。他鼻子总是稍微向上翘起，眼睛依然是深陷，瞳仁依然收缩着。

林纪勋爬起来了，三个人望着笑了笑。

"……早饭还不曾用呢。"

"早饭倒是容易的。不过今天要吃鸡，怕有点困难了，……"

三个人大声的笑着。

　　枪声到处蔓延着，偶尔一阵微风从树林里吹过。在片刻的宁静中恫吓地把枪声显得特别的高扬，简直就像在村子门口发射的一样。在麦溪对面的河岸上，彭杰所率领的一个分队已经和敌人干起来了。在这里，最初和彭杰分队作战的是日本的十一个骑兵斥候，他们以日本人所常有的浅薄的矜夸和骄纵，沿着那高高的河埂，把他们的马笔直地向着麦溪桥冷地里的方向驰骤。他们要像一根探针似的直入延陵地区，通过那为新四军的战斗胜利所组织起来的无数村落，以不发现新四军的目标，不遇到新四军的截击为唯一的光耀和快乐。如果他们偶尔与新四军见面了，却由于他们运动的迅速而脱离了新四军的追袭，那么他们的黄褐色的"高贵"的影子将如闪电似的在人们的眼前作着胜利的一掠，然后飘然地远远地消失在地平线上，至于无可追寻。日本人要在中国农村的碧绿的麦田与小树丛之间，以胜利而快乐的一瞬，把他们的身影作着神圣勇武的跃动。这样的美丽的景色往往达到诗的幻梦的境界。以日本法西斯的残暴而厌战的勇士们将在这里得到最好的养育和鼓舞。……彭杰所率领的破烂而单薄的分队是不能和威武的日本人相比拟的。当这十一个漂亮的骑兵还没有迫临他们的阵地之前，他们首先已经接触到一种令人颤栗的气氛的侵袭，至于纷纷的垮到河埂底下的水田与桑树之间，在那里表现着散乱，逃避和无所措手，然而分队长彭杰也和郭元龙一样，在最危急的时候掌握着他们，他能够叫他的战士首先镇静下来，并且沉静地准确枪击那驰骤而过的最后的一匹马。这个日本人由于骄傲和疏忽，竟至和他们的同伴发生很远的距离，掉了队。彭杰分队的三个战士一齐地瞄准击中了他。他丢了枪，上身在马背上一俯一仰的摇摆着，他的高大庄严的褐色马仿佛因着突然受了惊惧而没命的奔驰起来，他的垂挂着的威武的长剑赘累地在马的跃动之间沉重地互相拍击，最后他使尽全身力气，用两手抓住马的鬃毛，把整个上身完全俯伏在马背上。

像这样的情景，对于在江南的阡陌间日以继夜地和日本人作战的新四军的兄弟们，是常见的。但是对于睦巷里的农民，那还是最初第一次的发现。睦巷里的农民散布在麦溪河的两岸，他们欢呼，鼓掌，用一致地喝彩的疯狂行为来歌赞彭杰分队在麦溪河畔的惊人壮举。

这是谁都知道，谁都有目共睹的事实：自卫队所使用的火力有他的适当的不能轻侮的强度，一支坏枪所发射的子弹使"庄严而高贵"的日本勇士在马背上死去了，这不管对于他自己，以及为他的死而悲泣的、远在故国的未亡人都是一种难忍的苦痛。

"抓呵！……追上去，缴他的马！"

"这是什么人干的呀？这'神枪手'……"

群众的高昂的喊声把日本人的骄傲沉重地压服着。十一个骑兵斥候被击倒了一个，走在前头的十个，由于他们迅急的驰骤而在从夏家村至丈山武巷一带的丛密的树林间隐没了。因此除了那十一个的最后一个被击倒下来之外没有发生任何其他的惊险，而睦巷里的农民已经获得了切齿的无比的快乐和尊荣。

那俯伏在马背上的日本人终于像一棵被砍伐的树干似的跌倒下来了，……

从蒋家庄方面出现的日本人很快的进入了睦巷里这个村庄，他们默默地一声不响地在睦巷里纵起火来，他们要用无比的压力对付中国农民在麦田与小树丛间所起的"叛乱"。他们默默地一声不响地在干着，火与杀戮的灾难从他们的手里降临在这一村子和那一村子之间，这是无从逃避的运命的赐与，日本人为了遂行"神圣"的任务而干这杀人放火的勾当，像夜行病者在梦中起行。当回到丹阳城里去之后，洗了手，又在马路上闲逛起来了，恢复了他们的健康。然而丹阳城里的中国人学会了察看他们的脸色：日本人当胜利归来时会狂歌欢舞，而当他们吃了败仗时却就免不了黯然地垂下头来。

郭元龙的面孔没有了笑，又恢复了他原来的残暴和骄傲，他隐身在夏家村左近的麦秆堆的旁边，用镜子在察看睚巷里方面的敌情，把眼睛都弄花了。

"你们……一个分队，从冷地里过桥，到麦溪方面去吧！你们要给敌人一种迷惑，像一条绳子一样死绊着他，……只要有机会就学彭杰同志一样缴他的战马！"

郭元龙坚决地发着命令，他把所有的同志都打发走了，接着他吩咐着周俊说：

"老周，你呢？你是一个饱经锻炼的同志了，我就不会小看你的。我决要给你一个分队，这是另一个分队，你把这个分队带到新河方面去吧！自然，我不是要你去和日本人作战，但是你手下能够控制一个分队，是不错的。……去吧，你必须在任何情况下坚持新河的地区！"

郭元龙仿佛自觉对于周俊还是过于严厉了一点，于是失悔地笑了笑。

"是的，我一定完成这个任务，"周俊凛然地回答，他的面孔为了内心的激动而缩小，而且显得青白，嘴唇发抖："郭元龙同志，我对你完全是善意的，在工作上执行你的命令，我毫无成见。我诚恳的告诉你，过去为了我们的关系弄不好，直接间接的使我们的工作遭受损害，这对于我是非常痛苦的事情，为什么一个共产党员要过这样的痛苦的日子呢？我早就发誓不愿意过这日子了，把这日子结束了吧！郭元龙同志，我希望你更能了解我，在上下关系完全能够互相了解的情况下执行一个任务，对于我将是最大的无比的幸运！"

郭元龙把声音扼低，眼睛下垂，他简单地这样说：

"我了解你的，……而且我自己过去也犯过错误，……那么，去吧！我们都一样的为了党，为了作战，我们还有什么需要解释的呢？我们也用不着吵嘴，老实说，我们面向着敌人，我们的日子紧张得很，我们连一点吵嘴的时间都没有。"

就这样，周俊匆匆地带走了一个通讯员，到村子后面去找他的那个分队去了。

1941 年 7 月 11 日

通讯员

一

林吉的门口，长着一株高大的柠檬树。六月初间，曾在这柠檬树下杀死一个收租的胖子。他的尸身横架在树根上，嘴巴还在一下一下的张合着；但是背步枪的已经回去了。在四面站着的人，望着林吉腰边带着的皮盒子说：

"哼，我说你哪里去！——来啦，你的曲尺到现在还不曾用过？……还不来，你这傻瓜！"

于是，林吉拔起了他的曲尺，对准那胖子的前额。

"砰！"林吉觉得手里有点震荡，那胖子的头颅便裂开了一个角。

"第一！"许多人都举起手来，挺着一只大拇指。

经过这样的事情以后，林吉便给大家称做一个最有胆量的人了。

二

林吉当了江萍区的通讯员，很少回到家里来。他每天都是跑路。就是回到家里，至多也是吃一餐饭，或者上半夜和妻子睡一觉就走了。

邻居的人常常到他的家里来看他吃饭。林吉在一张跛脚的木凳上坐着，只是吃自己的饭，并不向他们打招呼，他们自己也随便找一张小木凳来坐。大概这样的小木凳只有一张，其他的便背着门板站了。他们常常用咳嗽作一作声，有的却半声不响，也有把两只手交叉在胸口的。

这时候，林吉的妻一面向灶子里送草，一面给丈夫添菜。她用袖口挨一挨眼睛，便懒散地向他们招呼一声，大多是这样说：

"大家吃过了？"

或者是：

"早？"

以后，她便微微的笑着，自己一个人踏出门口，两只手交绊在背后，背脊靠着墙，一只脚站着一只脚向后蹬在墙上。这样，她留心地了望那远远的插在山堆上的一枝青竹；这青竹每天有人在那里轮流看守，倘若看守的人把青竹倒下，那便是敌军来了。

趁着他的妻踏出外面，这许多人便向他问起一些秘密的事。

"听说，××落船出香港的时候，他的卫队有十五枝手提机关枪放在碉石，现在已经给我们掘出来了，那是在地底下掩埋着的；但是很奇怪，半点也不曾生锈，不过有几颗油珠在枪柄上粘着咧！你听过吗？"

有时，他们也说：

"法琉山脚有一条崔坡桥，你也走过的吧？近这边，有两架摆茶水的摊子，喔，你也不曾看过，那里不是有一个歪了鼻子的妇人在走来走去的吗？呸，你也跟人说是通讯员！有许多轿夫坐在那里等客的，那摊子的下面有许多破碎的电杆上的白瓶子丢在那里，你也不曾看过？十五天前，喔，不错，十五天前，那里来了一个营长，——从东海来的？那是一定！——喃，到了不走运的时候，不前不后，他一经过这里，就恰好我们的——喔，那班家伙！——在那个乡里吃了芋头刚才出来。哈哈，鸭笼里还有隔夜的蚯蚓吗！在那竹林里抢出来，连人带马都牵到法琉山上。哈哈，不多不少，齐齐整整缴十枝驳壳！你想得到吗？他有八名护兵，一名马弁。用什么机关不机关，这一边只消十二个人，三个空手的，两个拿锄头，六个拿梭标，只有一个是带着一枝不会响的土曲尺——我看过了，没有你的那么好；你那一枝是德国的，不是会连放？"

但是，林吉一面把嘴里的鱼骨吐在地上，一面只是对他们把箸微笑，从来是不多说话的。

他往灶子上的铜锅里再装一碗饭，把筷子敲一敲桌子的破板，又吃起来了。倘若他没有吃完饭——不，倘若他没有离开这里，这些邻居的人，总是非常喜欢和他一起的。一定的，他们又有话说了：

"嚘，我问你，林吉！有人说，一只耳朵可以藏起三封信，这是可以相信的事吗？我想，这信是细到怎样？还有藏在眼膜里的，等到碰见敌人的时候，一定赶快装做瞎子吧？"

"你说，我是瞎子！但是，你身上没有带布袋，也没有带铜锣子，他们能够相信吗？"

"读熟甲子乙丑的甲子花要紧咧！布袋和铜锣子还是闲事！哈哈哈！……"

他们说到好笑的时候，林吉也就笑了起来；但是，他把煞尾的那一口饭咽下肚里之后，掉过身来又装饭了。

"喔，老林，你一定不肯告诉我们的，仙机不可泄漏咧！譬如，你的通讯员是给我当了什么的，我说譬如！那时候，我要经过一个关口，好像黄土墩的茶店一样，每天一定有许多敌军在那里把守的，那末，你看我要拿出什么计策呢？你猜啦，叻？——没有什么，单单一个轿斗！——什么，你倒说大吗？通讯员永久只好带信！送宣言，送传单，这有什么办法呢？哼，一个轿斗，你看其中有几条大竹管！不要说传单，宣言；我要在那里藏左轮，你有法子看出吗？不过，我说，头一回经过那个关口，是驮着一个轿斗；第二回经过那个关口，又是驮着一个轿斗，这样有点不便罢了！要做轿夫是容易的事咧：我不能把屁股拉长一点吗？⋯⋯叻，老林，这全靠我们自己变化就是了，你说怎么样？"

林吉经过了许多的微笑之后，这才回答一声：

"那是一定！"

<h1 style="text-align:center">三</h1>

林吉走路的时候，大抵是打扮做平常人的。他穿的是浅蓝色的短衫，黑柳条的裤；左脚的裤放下来，右脚的裤却折到大腿上去。

这一回，他的工作，是带一个人从江萍到梅冷。这是一个担任政治工作的少年，非常喜欢说话。林吉告诉他，在夜间行走，连脚底踏到地上都不许发出声来，因为，他说：

"敌人的尖兵，有时会把耳朵紧贴在地上，半里远的步声还可以辨别出来。"

但是，要是不能给他说话，他便时时的咳嗽着了。

从江萍到梅冷，必须经过一处很危险的山坳，两边的山上有许多敌军在那里放哨，林吉打算趁这天还没有亮以前，走过那里的虎口。

"嚄——"林吉拉住那少年的手，把嘴巴挨近他的耳朵说，"你的脚——哼，你半点也没有经验！倘若你找不到实地便踏下去，你说翻一个斤斗就了事吗？给敌人听见了，你将怎么办？"

那少年正要发出声来答应他，林吉已经用一只手来掩闭了他的嘴。于是，他又跟在林吉的背后走了。

月亮早下山了，但是天空还有星光照耀，山坡上的树林，在他们的前面显出幢幢的黑影。平时十分沉默的林吉，到这里就变成灵精的狼，后面的少年，在灰暗的夜色中看出林吉的头是不住的转动着。他当心在辨别林吉先行的足迹。要是林吉突然停止脚步，他便吓得突跳起来了。

"你，"林吉仍旧把嘴巴挨近少年的耳朵，"你看住我吧——我现在要你蹲下去，你听出了吗？"

少年蹲下了，林吉却是向下卧倒，前面的树木都从那清朗的星空显映出来，林吉的眼睛，像尺子一般在打量前面所能看到的黑影。这时候，仿佛周遭已经绝灭了一切的秋虫，林吉的耳朵，全为夜的沉默所穿透。

这样的过了一会，林吉把脚尖的拇趾触一触少年的颈，叫他起来；林吉在他的前面，他又跟着走了。

但是，突然，前面响出了野兽的叫声，

"口令！"周遭是更加沉寂了，然而，接着又是响出了一声严厉的"口令！"

林吉往后退了一步，正要蹲下来，就听见"扑通"一声，后面的少年已经跌进左边的水涧里去。林吉刚把身闪开一下，前面的手电和子弹已经一齐射来，他只好赶快把身伏下，爬进附近的山坑里去隐匿着。

林吉隐匿的山坑距遇事地点并不远，那被捕的少年怎样结果，他是听得十分清楚的。

四

这一天的早上，大约是八点钟的时候，林吉已经回到江萍，报告那少年的死事。一个同志偶然遭了意外，其实这算得什么！横竖这一辈子是准备拿"死"做出路的了。那负责的人，认为这样的事情是十分平常的，对于林吉，不但没有半点责骂，而且恳切地加以安慰。然而从此以后，林吉的心里便好像起了不可排解的苦痛，他的形状是突然改变了。

起初，他决意向人询问那个和他一同遇事的少年，是叫做什么名字。他的神情好像变成疯狂了。许多人因为自己的工作太忙碌，都不同他说话。当他踱过区公所的门口时，碰见一个武装的人，好像队长，他立刻上前去拉了他的手，请求他答应一句话。

　　"嗄，兄弟，你一定是他的朋友吧！那孩子，要我带他到梅冷去的，你晓得他的名字吗？"

　　"你看清楚了吗？你不是认错了人？"

　　"哦，认错，谁呢？不，我问你是不是晓得他的名字，你不能答应我吗？"

　　他万想不到对面的人，突然便生气起来，撒了手；又掉过忿怒的面孔，叱骂着说：

　　"哼，你这王八！"

　　这时候，他的心里觉得突然受了一种痛苦的谴责，两只手抱着颈脖，随即跌倒下去。他的头非常沉重，面上烘烘的发热。无论他是怎样的想，那少年临死时的各种叫声，总是存在他的心头，这样，他便暗暗的惶急起来，因为，无论如何，他总是没有法子抛去这件痛苦的事情……

　　"口令！"周遭是更加沉寂了。

　　"口令！"

　　他往后退了一步，正要蹲下来，便听见"扑通"一声，后面的少年已经跌下水涧去了。然而，手电和枪声一齐射来，他怎么能够在那里多站一刻呢？他已经伏下他的身，并且安全地爬到那山坑里去了；然而，……

　　"我不能跳进那水涧里去挽起他？倘若我到了他的身边，他不会跟随我从那水涧里逃出？喔，我却自己先走了！……"想到这里，他觉得非常惊惶；他站起身来，又是跌倒下去了。

　　于是，他无论碰到什么都拉着，告诉他那一夜的事；当他说到他的朋友在水涧里给人挽上山坡去凌迟时，他自己假做一只猪，用手掌当做屠刀，猛可地向胸口劈刺下来，于是，他从恐怖的嗓子里发出颤抖的叫声，他立刻又跌倒下去了。

巷口的人，起初在他的四围堆成墙堵，但是，谁都没有听出什么，以为碰见一个疯子，就走开了。现在，他的边旁，只存有几个孩子。

"这一边是树林，"一个孩子挽起他那垂下的头，捻开他那合闭着的眼睛，"那一边是山涧，喂，你刚才是这样说吗？那末，你再叫：口令！砰砰！扑通！……"于是，他伏下身子从林吉的面前爬到背后，"喔，我却自己先走了！我却自己先走了！……"

"哈哈哈！……"他们都笑起来了。

五

现在，林吉在他家里的床上躺着，他是病了。

江萍的同志到他的家里来看他。他本来是微笑着的脸孔，现在已经变得异常愁苦，而且比前枯瘦了许多。他一提起嘴巴便摇着头。但他还是自己诉说自己的事，这却丝毫没有改变。

"少的死了，大的却逃了回来，你说这是对的事吗？"末后，他含泪的问。

"喳！"这位同志却表示没有这回事："这是什么呢！"

但是，停了一会，他忽然想起一个譬喻给林吉说：

"老林，我们现在什么都不必说，我单说医生的事给你听。一个医生，到某地方去给人医病，但是病人已经快要死了，医生没有法子，只有眼巴巴，看住那临死的病人在喘着气。他说：'我是医生，我是竭尽了我的能力来医治你的，可是，没有法子，你一定死了；我很难过，因为，无论如何，我是不能跟随你死去的！'你想，别人是不是可以说出这句话来责备医生：'你为什么不跟着他死去呢？'——老林，你懂得我的意思吗？"

然而，他便是说了再多一箩的话也没有用处。林吉合了他的眼睛，提起嘴巴来又摇着头问：

"但是，少的死了，大的却逃了回来，你说这是对的事吗！"

其实，他现在所需要的是一种药石般的责罚；对于认罪的人，安慰是没有用处的。

一天过一天，他的病渐渐的沉重下去。他的妻，从另一地方探得那少年的姓氏，瞒了一总的人，自己走到他们遇事的地点，焚香烧锭，望着山堆上放哨的敌军，念出那少年的姓氏来，替她的丈夫讨魂，但是，这也没半点效果！

邻居的人，依然常常到他的家里。他们也曾说了许多的话，给林吉开心的。

"哼，老林，——人家晓得什么，也学人在夜里走路，容易？"这个人，他是非常厌恶学生走到他的门口来演说的，一提起便讥笑那被难的少年；"嘿，燕洲吴石龄的事，你听过吗？读两本书，只会做麻骨梯玩耍，出来干什么鬼？喔，那一夜，一个同他带文件的人，险些儿也给敌军做了。你说怎样呢？那个交通员——带文件的——走在他的后面，他说他的胆子很好，你有什么法子呢？那个地方，大约也是敌军放哨的所在，右边一条车路是直通东海的，从我们江萍到县城也有一条车路通过那里，那个山，原来是很小的，但是它生在这两条车路的总口，四围又是很平坦的田园，站在那小山的顶上，可以了望到很远的地方，敌军也很有眼色，一来便爬到那小山上去放哨了。那孩子——吴石龄呢，刚才在老婆的裤肚里爬出来的！——他较有见识！他就提议了：'叻，这地方太危险！'又说什么'不好两个行在一起！'他的胆子很好，并且说：'我做尖兵，我先走过去！'那个交通员，姓李，喔，将军山脚李潭水，鹭鸶脚，坏了一边鼻管的，你不曾看过？你叫他落火坑也不用加嘴的啦，其实哪里没有胆子呢！但是，要说他走在后面，这倒也可以！那时候是中夜一点钟左右，吴石龄真的先走过去了。照公道说话，这衰丁两条腿子倒也长得十分结实咧！但在前头等了一个时辰，便觉得不妥当起来。

原来他是和李潭水约定半点钟后到前面的一座古墓相等的——其实，他连一个时辰也等不过去，——喨，叫这粪箕仔纸[1]还未解完的孩子，自己一个人走近那座古墓，连魂都散了，李潭水还不曾走到，他心里一着急，便喊了起来——'潭水呀……潭水呀……'这样喊着。但是，李潭水刚才在那小山下走过一条石桥，他听见有人叫喊，一不留神便踏错了一块石板，'京——贡'的发出声来，山上的敌人，到了夜里是散布到陇畔上去巡逻的，那时候，他们便立刻开枪了！……"

"以后呢？"另一个问。

"以后？——你说这样不是很危险吗？"

停了一会，他又接着说：

"李潭水后来又是那个衰丁救了他，吓，谁想得到呢！"

"这是活该的，吴石龄听见枪声就走了。那里四围都是水田，吴石龄像一只涂龟，在水田的泥浆里爬过去的，哈哈，这孩子，连吃奶的力都出完了！他走了四里多远，穿进了一个乡村，——新寨？孔子寨？那乡村叫做什么名字呢？喔，我忘记了！——那时候，敌军还没有开始围乡，四乡都设有巡夜的人，在提防敌军的侦探。各地的同志是约定了秘密的信号的，——你不晓得口令？但是吴石龄慌得口令都忘记了，'口令！'他听得前面有人，心里着急起来，便向一个池塘扑进去，于是，全乡的人把铜锣敲动起来，集合了许多梭标队，一面包围着那池塘，一面派人带剑子跳进水里去搜索，他们以为吴石龄是敌人的侦探了！他们的铜锣声和喊声引起了四围的乡村，四围的乡村也起了骚动。在那里放哨的敌军，至多也不够一连，他们有法子在那孤小的山子维持下去吗？——连屁股都丢掉了！李潭水便从他们的手里活活的逃了回来！"

"吴石龄在池塘里给人搦死了吗？"又是另一个问。

"哈，我说到这里又要失笑！你说吴石龄这个涂龟，他是钻进哪里去

---

[1] 粪箕仔纸：旧时小孩子夭折后，会用"粪箕"盛着扔到野外，为防止这种悲剧，人们会向菩萨许愿，并定期送钱，这行为称为解纸。粪箕仔纸还未解完是骂人的意思，含咒骂的意思。

了呢？那池塘的岸畔，架着一架水车，有人准备在那里踏夜车的。天旱，高的田已经开了裂缝。吴石龄便在水车的底下藏着，他们也没有法子把他搜索出来。末后，李潭水走来了，他把大概的情形告诉他们之后，大家都晓得刚才是追错了人，李潭水站在池畔，就把吴石龄叫了出来，——哼，还要叫，倘若我是李潭水，我一定给一把剑子结果他——留了他有什么用呢？"

但是，这样的故事除却增加林吉内心的痛苦，也没有半点用处。当他们在谈论的时候，林吉常常是不舒适地在床上翻转着，不然，便是紧闭了眼睛，或者睡着了。

有一次，在他家里谈论的邻人，有一位忽然对林吉诘问着说：

"喔，老林，为什么你那时候不开枪还击他们？身上的曲尺，不是碰见敌人的时候拔出来用的吗？哼，你这傻瓜！"

这时候，林吉却含笑地扳起身来，把那位朋友的手拉到自己的额上，对他说。

"你说得十分对！——你拿起拳头来击破我的头吧！来，你听我说，我要……"

于是，这位朋友假意在他的额上拍了一下，然而这使他很忿激。

"我要你击破我的头，一点也听不懂？……"

说着，立刻拔起了他的曲尺，许多人都惊慌起来，青了脸，连忙跑出了门口。

林吉的妻听见了，随即跑进屋里去。然而，她只看见丈夫和那枝手枪一同在床沿跌倒下来，她的耳朵受了一阵过激的震荡，立刻昏过去了！

红花地之守御

　　我们底队伍有一个奇特的标帜，就是，我们每一个人底背上都背着江平客籍的居民所特有的箬帽，这箬帽，头是尖的，有着一条大而牢固的边，上面是一重薄而黄色的油纸，写着四个字，"银合金记"。我底朋友们也戴这样的箬帽，并且也在上面写着四个字，什么"浪合诸记"，"补合冻记"之类，大概都是自己安的番号，冠首的两个字还没有什么，所觉得珍贵的是那"合"和"记"两个字，几乎无论怎样都不能把它们抛掉。江平客籍的居民平常安的是短带子，短带子只适合于把箬帽戴在头上而已。我们把这短带子改造了一下，安成长带子，不戴的时候可以在背上背，这是从军队里传染到的气习。我们，几乎每一个都觉得非把箬帽背在背上不可，头上呢，有日的时候让日晒，下雨的时候让雨淋，都没有什么关系，大概是我们现在都自以为已经变成军队了的缘故吧。我们都很年轻，而且一大半脱离学校生活的日子还不久，大家都有点孩子气，爱学人家的一点皮毛上的东西，而况我们向来对于一切工作所取的态度正也是这样。虽然一面是严肃地并且几乎是机械地在功利上讲究效率，别一面，却像小孩子戏玩似的，样样都觉得很有趣，很生动。因为这战斗无论怎样野蛮，残酷，对于我们，却都有着更深一层的东西，我们竟能在这野蛮残酷的里面去寻出饶有趣味的消遣，从战斗的本身就感受到一种刚强的美，沉毅的美！……

杨望所戴的箬帽是新的，安着绿色的长带子，那上面所写的四个字是"猫合狗记"。他的结实而坚硬的脚穿着"千里马"[1]。"千里马"的带子也是鲜艳的绿色，就连系在墨水笔上的一条小绳子也是绿的。墨水笔上系着绳子，好教在夜行或跑步的时候不会把墨水笔丢掉。本来是为着实用，慢慢的也就成为一种时髦的习气了。至于为什么一定要是绿色，那可并不是他自己的嗜好。当然，绿色在鲜艳的一点上和杨望总指挥老大哥的粗野而壮健的体态就已经太不相称了。但是他管不了这些，他忙得很。在这些日子中，从他一身所发泄的精力是强劲而有近于暴戾的。虽然有时候，他的沉着和精细，可以使一件严重的事也化为一种轻快的美谈……并且，凭着少年人的充沛而奔放的感情，他可以有一种异乎别人的嗜好。这不单指的是所用的带子一定要是绿色，就是别的也一样。例如尽管手紧握着枪杆子，而嘴里却还老哼着引逗田边少女的情歌；或者，如一般的朋友们所最易染到的习气，木棍般的黑色而粗糙的脚也穿起最漂亮的绯红色的袜子来了；诸如此类。但是对于杨望总指挥老大哥，可不要冤枉他吧，他连对自己的箬帽上的带子看一看，鉴别它是红是绿的时间都没有！而况这箬帽又是别人给他的。他身上几乎没有一件物品是通过自己的嗜好、用自己的钱去购买来的。他穿着一件黑灰色而有着极难看的黄色花纹的短衫，据说这短衫是在广州的时候，一个莫名其妙的车仔佬朋友给他的。而他的裤却是有点怪异了，那是一件十足的日本货，赭褐色，有着鲜黄色的细小的条纹，条纹上还闪闪发亮。这些乱七八糟的颜色涂在一个总指挥底身上，多少要使他变成一个戏子，在动作上显得矫揉造作了吧。这又越说越和他底性格离得远了，……

　　从这一次战役中发生了的特殊事件所昭示，杨望，这总指挥老大哥的钢般坚硬的格调是造成了！这之前，我从他的身上所得的印象还是有点杂乱。他从广州回来的时候，背上背着的是正规的队伍所用的铜鼓

---

[1] 千里马：草鞋的俗称。

帽，穿着蓝布衣服，很脏，赤足，腰边歪歪地背着一个黄色皮袋，面孔是比现在还要黑，头发的芜长和杂乱还是一个样，不过那严厉而沉郁的神情比现在还要老一点。我们第三区梅陇市有一个类似邮差的替人送信的人物，那样子是和他相肖极了，并且连他睁圆着长睫毛的大眼，狞恶地笑了起来的表情也很相肖。他说话的时候，曲着五指，像抓住了一件什么，眼睛向前面直射，牢固的双颚互相地作着有力的磨动，磨动得很痛苦，以至嘶嘶地喷着口沫。那一次，他的样子有点卤莽，一径冲入我们的"俱乐部"来，也不按门铃；那时我在这"俱乐部"里当着秘书长的职务，我是有权力阻止他的，但是他抗拒了，仿佛他是百年来长居在此间的老主人，而我不过是一个新近才被雇佣的仆役一样。我不认识这个人就是我们的老大哥杨望，而他在广州的××情报《先锋》上面每次发表的文章，却已经读过不少了。……他曾经请我和女朋友慧端去茶馆里喝茶，他说他身上有八个大洋。在茶馆里谈起了一些有趣的事，竟至露出了他的一排整齐得，洁白得类似女人的牙齿，哈哈地大笑起来。一只手把他的皮袋揉动得吱唧吱唧的响，这吱唧吱唧的响声非常新颖，好几次使我们停止了对其他一切的注意，立意地去寻究这响声发出的源头。的确，他全身都发散着新的气息，他的谈话使我对于远方从未见过的情景也开始思索和想象了。我起初是有点怕他，以后却很亲近他，由怕他到亲近他，我可摸不出此中的界线。有一次，我在自卫军的总指挥部遇见他，他热烈地接待着我；这时候恰巧他的母亲来向他要钱，说自从他的父亲死后（父亲是眼看这儿子做出了许多残暴的事情，恐怕将来要累及自己，所以自杀死去的），她的日子很苦。杨望在自己的袋子里搜寻了半天，卒至把袋子捣翻了，许多碎屑发臭的东西都跌落下来，只得到一个铜板。杨望把这个铜板交给他的母亲之后，挥着手叫他的母亲"走！"像我们平时对付乞丐一样。这些事情，在我们许多朋友中都很喜欢谈起，有时甚至还激起了小小的争论，参谋团的主席董仲明就不齿他的所为。例如有一次，杨望叫他的弟弟去放哨，他的弟弟是一个什么都不懂，驼背，鹭鸶脚，又患着"发鸡盲"[1]的可怜虫。那一夜恰巧是杨望自己去查步哨，那可怜虫忘记了叫口令，杨望竟然立即一枪把他结果了。像这样的事，主席董仲明就讥笑他过火，或者做假！以后，关于杨望，还有种种的谣传：据说杨望有一次到碣石、金厢沿海一带的地区去解决了许多军事上的困难问题，当地的农民竟然像信仰菩萨一样的信仰他。"这是不吉利的现象，"那时候有人投给县政府的匿名信是这样写着，"因为，我为什么要那样激烈的反对他呢？岂不是，如果长此下去，民众的整个的信念，要转移到个人的信仰上去了吗？……"而总指挥杨望，他一向是这样的朴素，他决不在口头的声辩上去费工夫，他着着实实的工作着，他度过了不少的难关，也爬过不少历史的极高的顶点。他所取的全是一种阔达、高远、俯瞰的态度。他仿佛脚上穿着厚而牢固的皮靴，不管脚底下有多少荆棘，只是向前迈步着，这在他几乎是失却感觉而麻木了的一样，……

但是不管怎样，我却要重复地再说，从这次战役中发生了的特殊事件所昭示，杨望，这总指挥老大哥的钢般坚硬的格调是造成了！

我们，背上背着江平客籍的居民所特有的箬帽的队伍，在九月初旬某日的下午，乘着日将下山，暮气笼罩的黄昏，从夏风城出发到红花地前线去。我们没有在公共体育场集合，开欢送会，演说等事，一点也没有。我们从各分队的驻地独自出发，分散了外间的注意力，到距县城二十多里的双桂山地方才作一个总的汇合。我们决定和敌人接触的时候作一次不怎么认真的轻兵战，服装和所带的物品都力求简单，一点多余的东西都不带。平时我们作一次示威游行就预备了一些救伤队，现在却什么救伤队都不用；工读学校的女生几乎全都愿意在救伤队里服务，她们都是些体格壮健、胆略过人的女朋友，但是我们不需要。如果她们诚恳地请求着要跟我们来，我们也拒绝。我们现在最着重的是轻便，像单单只剩了两手两脚时的轻便。在黑夜中进军，我们愿意我们的队伍是一条黑——和黑夜一样，不要掺进别的任何色彩，就是农民的梭标队也不

---

[1] 发鸡盲：指夜盲症。

要。看来，总指挥杨望是有着这个企图：因为我们这新组织成的三个分队担任作战还是第一次，总指挥杨望要给我们这新的队伍以最干脆的考验，他要看清这个新队伍的机能，如果战斗一旦摆在它的面前，在它上面所唤起反应是怎样。这些，他都非从一次最单纯的战斗中去细心地加以试练不可。其实我们夏风城的军队都开到别地去应战去了，如今要守御红花地的阵线，这职务就只好留给了我们。

在双桂山集合的时候，总指挥杨望对我们的说话简单得很：

"诸位，"他的声音遏制得低低地，他仿佛知道我们在初次上火线之前都有着可怕的死的凝思，以至成为一种有力的沉醉，这样他的声音一高了起来，就要把我们从这沉醉中惊醒似的，"我们的阵地在红花地，你们知道红花地距离县城不过三十多里远吗？如果红花地不能守，就逃回县城去挖自己的墓穴去吧！……喂，记得吗？在路上要静，连一点咳嗽也不准有！"于是挥动了他的右手，"走吧！"低低地叫着。他的面孔堆着怒容，似乎很忧郁。但是他平静地说完了他的话，声音没有抑扬，始终不曾稍为有所激动。他的怒容也始终没有改变多少。

我们很静默，不过都没有立正，用各人自己喜欢的姿势站立着，大家互相地来一个壮健的微笑，有近于散懒或松懈的样子。这时候，太阳发出粗线条的光焰向我们平射着来，整个的队伍呈着腐败可怕的白色，总指挥杨望的黑面孔几乎有半边也变成白的。别的人却避免了夕阳的猛射，把面孔躲在灰黯的阴影里去。枪尾的刺刀有的有，有的没有，很不整齐；弹药带有的是皮革制的，有的是蓝布制的，围在各人的背上。此外是在胸前作着交叉的红红绿绿的箬帽带子，简单，明了，再没有别的更复杂的配备了。……当我们在撒满着粗粒的砂石的小路上走着的时候，总指挥杨望默默地走在我们的前头，他的身边跟随着的两个武装的传令兵，自觉得很寂寞的样子，当队伍一弯曲的时候总是频频地对我们回顾着。我们整个的队伍都静静地走着，路上的砂砾在草鞋的践踏下互相地磨动着，跳跃着，低低地发出了一片暗哑的噪音，这嘈音并且还似乎标志着我们队伍行进的速率。的确，我们的队伍是行进得意外的急促。夏风城的屋宇本来不成样子，是那样的又破烂又低矮，离开了它，就显见得更加干瘪了，回头一望，只有一些高低不等的树梢在地平线上耸立着，仿佛是一座废圩，纵迹不明似的模糊下去了，疏远下去了；苍色而阔大的天，冷淡地毫无异样地把这个给千万人的热血冲激着的城覆盖着，简直是有意抛掷了它，从而干脆地忘掉了它似的。这个城现在却也变得很寂静，所能望见的深蓝色的树梢，正和近边的一些死灰色的小山阜衔接着，简直是荒原一片。天是一阵黑似一阵，而那深蓝色的树梢，也很快地变成了一簇簇的阴影。我不晓得我们和夏风城离别的那个黄昏为什么是这样的忧郁无声，……我们的队伍也是这样出奇地静默着。战斗，似乎只是可以远远地传闻着而不会在自己的近边发生的事。我们现在是亲自地承受着，担当着；并且，从这里所将要发生的一切变动，我们是亲自地承受着，担当着。就这样，我们静默着，我们要用这静默来陪伴那静默的城，来安慰那静默的城，……

最初出现的星儿，辽远地发射着壮健而充溢的光亮，并且默默地互相鼓涌着，激动着，发出了誓言似的，要用那光亮来延接已经过去的白昼，度过这个夜晚，以抵达明天的晨晓；这个活跃而生动的挣扎使夜幕变改了黄昏的衰颓而沉进了更深的黑暗，星儿们也因之更加鲜亮，更加企图着把黑暗区别在光亮以外的地方。路上的白色的砂砾渐渐地在黑暗中显现了，不过泛出了河水一样的油光色，教我们像看见了磷火一样的怵惕着，然而我们行进着的草鞋却还是急促地一步步踏实着它。——冰冷的夜风送来了远近的村落的狗吠声，这狗吠声总是那样的若断若续，似乎是疑惧不定，又似乎是故意发出的讯号，这讯号仿佛要使一切秘密地行使着的暴力都失去效率。——黑夜中的树林，猫头鹰学着最古旧最可怖的声音，骄倨，自大，拉长地重复地呼叫着，仿佛所有一切黑暗的势力都被召集来了。路边的小沟渠，爽朗地弹动着喉咙，长远不息地歌唱着，……

当天色微妙地从黑暗开始慢慢地变白的当儿，我们，还不到两百人的三个小小的分队，就在红花地的深邃的森林里掩藏好了，……

红花地是夏风城北面莲花山麓底一幅长达五十多里的斜坡，浓密地长着由老鼠畏[1]、杉木、黑山绸[2]、白土藤、有刺的麻竹等等混合而成的大森林。我虽然在夏风这一小块的土地上出世，是一个道地的夏风土人，但是这有名的红花地大森林于我却还是生疏得很。这里面，一向给夏风的乡民认为神怪的地区。樵子和"割草婆"们的口中，关于这神怪的地区有令人慴栗的可怖的故事在传闻着，这些传闻使所有的樵子和"割草婆"们都趑趄不前，教全夏风十数万人群把这富饶的森林抛掷不用，而他们在日常生活上所需要的燃料、木具，以及建设上所需要的木材，就只好仰给于外境。在那些不能一一命名的种类复杂的树木里面，不晓得有多少凭仗了那可怖的传闻的威力，和世人隔下了强固的长城，保全了几千百年的寿命。这实在是一座森林的最古的城垒，现在，为着军事上的需要，我们把这城堡占据了。这里有一条小路是夏风县境西面一个颇重要的进入口，据确实的探报，敌人的进袭夏风，除了用他们的主力向后门、梅陇一带推进之外，他们的别动队正采用了这条小路。这别动队的前头队伍约在这天（我们从夏风城开拔的次日）午前到达边境。我们是这样匆匆地，冒失地走着来了，依照一句叫喊了很久的口号——欢迎敌人的来临！

临晨的北风吹得更紧了，这古旧的大森林咻咻地呼着长气，间或又深深地叹息着。我们——实数一共一百八十五名的队伍，按照着复杂多样的计划，单薄地分散在不同的地点。随着天色渐次的明亮，我们躲避了所有显露而易于被觉察的地方，接连变换了不少次掩藏的地点。梅陇人高伟、莫愁、彭元岳，捷胜人刘宗仁、刘友达和我，一共六个人，在一条山涧的岸边，面对那相距有六七步左右的小石桥据守着。这山涧的两岸、涧底，总之它全身的骨骼都是一些奇模怪样的乱石所造成。奔泻

---

[1] 老鼠畏：一种树名。
[2] 黑山绸：一种树名。

着的流泉，从上到下，十分威猛地披着瀑布，飞溅着，怒喷着，废除了所有的节拍和韵律，疯狂的叫嚣着；两岸，在黑色的大石的边旁，长长的红脚草很有礼貌地、隔着那疯狂的流水，互相的点着头；一种不知名的深绿色的土藤，用厚而多汁的怪异的躯干，悄悄地从石底裂缝里爬了出来，分了支，又各自据着不同的方向出动，在石底每一突出的部分，前行的蛇似的高举着头，互相的窥探着，浑身发散出一种强烈得几乎令人喷嚏不止的奇臭。水面上升腾着白烟，仿佛那疯狂的流水是真的在沸着。上面，森林的巨粗的木条交织着集密的楹栋，楹栋上又给枝叶铺成了极厚的屋顶，隔绝了天空，新的阳光从这屋顶的缝隙漏下来，斜斜地从这一边射过那一边，奄奄地变成了蛛丝一样的嫩弱了，……

就在小石桥那边，来了三个敌人的尖兵。他们，一样高低的个子，穿着一律的黄色制服，戴着赭褐色的钢盔，敏捷、精警，要觉察别人，不要被别人所觉察。走起路来，像精警的野兽，可以完全听不见脚步的声音。正规的队伍，受了严格的军事教育，在操场上和讲堂里所学得的一切都可以搬到山林里来应用了，瞄准，射击，都可以依据着一定的姿势；弹道在空气里所绘画的弧形都可以分出最准确的角度来！

但是我们却从最不易被觉察的地方在窥伺着他们。我们看得很清楚：开望远镜，耳语，糊里糊涂地皱着眉头思索了好一会，卤莽起来就拔足挺进的表情和动作都一无遗漏地映入了我们的眼帘。……我的胆子大起来了，不知怎样，急于要放小便似的，浑身总觉疴痒得难以忍煞，情绪已经变成了极度的暴躁和野蛮。——在这里，我觉得除了宗教二字之外，当战士在处理他们的猎获品的当儿，再没有更虔诚更果决的形容辞了。想到敌人在临死的千分之一钞钟的时间以前还可以不觉察自己将至的运命，而这运命是恰好在自己的手里掌握着，什么是强劲，什么是胜利的真谛也深深地领悟了。这又是唯有战士才能享受的幸运！

六个人中的首领，梅陇人高伟，一个当木炭伏出身的壮健的少年人，他的圆大的眼睛，像下等动物的复眼，拼地去凝视敌人，并且拼命地把敌人的影子扩大着；他是委实太卤莽了，他对于这战斗的范围的大小是可以说毫无计算，就是处理一件最微小的事，也不惜动员了毕生的精力。对于他，战斗和世间上所有一切有趣的玩艺完全两样，他是彻头彻尾地把战斗当作一个最残暴、最严重的主题在发挥着；他对于战斗的凶恶，战斗的丑野毫无忌讳，他喜欢赤裸裸地在战斗的红焰焰的光辉中濯浴着。……他斜斜地倚靠在大石边的上身摆动了，他在瞬息间所决定的主意，不单是他自己，而且还有我们五个人在绝对忠诚地一同执行着！这是一个奇迹：彭元岳、莫愁、刘宗仁、刘友达和我，我们五个人在战斗中和我们的分队长高伟，完全地互相配合，高伟的左手紧紧地握住了枪杆，枪尾的白色的刺刀分外地发亮着。

约莫过了吃一顿饭那么久的时间，什么都完毕了。总指挥杨望所决定的最初施行的计划，成功得像无意之间从路上拾得的一样。当然，敌人的密集队伍这时候是可以安心放胆地向这神秘的大森林里长驱直进了，而他们安在额上的触角给我们悄悄地拔掉了却还不知道！

西面，距我们这里约莫二十里远的地方，大森林像突然暴病了似的暗哑地深隐地叫号着，因为老大哥杨望所直接带领的战士们已经把紧密的排枪放射了！

战士们利用了复杂神秘的地形，并且凭着极短的距离，他们在每一颗子弹放射之前都握有着沉着地正确地瞄准的余裕，当每一次的猛烈的排枪放射之后，趁着敌人的队伍狼狈地分散的当儿，他们学着敌人的兵士所能懂的方言，喊出了清晰的最高音："缴枪！欢迎投降！"……和敌人仓皇地还击的杂乱的枪声交换着……这火线是从最远的地方点燃起，随之迅速地蔓延到近边的地方，我们这里要算是火线的终点，而我们六个人的排枪，也已经远远地和最前头的排枪呼应起来。

我们发现了从那整列的队伍中分出来的一队敌人，他们的人数约莫在三十左右，他们显然很镇静，在这样深邃的大森林里面，东西南北的方向还能够认清，但是他们一味儿只是夺路而走的企图却被我们阻止了！在这里，我庆幸着，我发现了高伟的战斗的天才，他的胆量又好，射击又准确，他每一次从"静"入"动"，从沉默着至挥动着臂膊奋力高呼，其中都有着很足以使我长远地记忆着的明确的特点。而我却实在抱憾得很，我终于没有把这些都微妙地加以雕塑的能力，总之，他作为一个战士的威武是淋漓尽致地表现了。他在敌人的面前最先出现，他奔向敌人的时候，上身总是过分地向前面突进着，而他使用刺刀的姿势，我现在才明白，原来有他父亲教给他的自己的手法在应用着！他的父亲在他们的村落中是一个有名的拳师，无怪他向来就鄙视着举枪，瞄准，射击之类的军事教育。我好几次看见他的刺刀还未对敌人的身上实行劈刺之前，敌人的枪尖就已经对着他瞄准了，射击了，不，其实（如果可能！）这还是千分之一秒钟以后的事，而高伟却正在这千分之一秒钟的时间之内，利用了最难于被觉察的优势，把敌人制服着！他杀死一个敌人，总是用刺刀拼命地冲进敌人的胸膛，然后，他决不把刺刀很快地就拔出来，他要亲眼看定他的对手是怎样的在他的刺刀之下确实地死了去。而他的对手从身上着了刺刀的一瞬间起，继之倾斜着身体躺倒下来，以至于在地上仰卧或俯伏，这些变动，几乎没有一点不是直接地受了他的刺刀的威胁的结果。

其次是彭元岳，他有点肥胖，个子不高，他是一个不折不扣的农民，正和通常的农民一样，没有受教导的习惯，一种有力的教导到了他的身上，就要成为一种迟钝而不能深入的东西，几乎是一种天定的性格使他和教育隔绝了。他的面孔是又圆又大，表情很皮相，看不出更深的东西！他又爱笑，不管和谁人交谈，总是听见他哈哈地笑着。但是他也有着他自己的特点，他的射击是比高伟还要准，对于敌人，他有着很确当的轻蔑。为什么这轻蔑是确当的呢？因为他在轻蔑中并没有半点放纵敌人的意念在留存着；他的动作虽然有点近乎迟钝，但是和敌人的惶急而仓卒的动作相比，这迟钝在战斗的效用上是恰恰成为了必要，而他爱笑的面孔也已经正式地紧张着！

刘宗仁和刘友达在射击的位置是自头到尾地并排着，他们两位是同出一家的堂兄弟，面孔却像亲兄弟一样的相肖，在陆安师范，他们是高我一年级的同学，他们同样是出人头地的体育家，直到进了我们的队伍，体育家的身份还是保持着。

那夺路而走的数十名敌人，严正地保持着他们的成行的纵队，而且是一个颇为严紧的纵队，他们在危急的时候惶乱地散开了，这当儿，他们一个个都几乎要为路边的大石或大树的横根所绊倒，甚至手脚忙乱得枪也开不成，把整枝枪杆抛掷到我们这边来了！但是一经集合而又成为纵队之后，他们的失去的胆量重又恢复，他们总是斜斜地向我们的近边横冲着。这横冲所加于我们身上的决不是一种直接有力的压迫，不过我们却并不以为这样就对我们本身有利。我们要奔过他们的前面，迎头拦住他们的去路，利用着他们鱼贯而成的直线，使我们所发射的每一颗子弹都能够杀死他们两个至三个以上。于是那最激烈的"白刃战"[1]开始了，……我们，预早就给派定了负担这特务工作的六个人，每一个的枪尾都挂着雪亮的刺刀。在这里，莫愁，那很早以前就在军队里混过的高个子，和我实行了最微妙最确当的合作。好几次我们用两把刺刀去逆袭同一个敌人，而当另一个敌人决定了他自己的方向，单独对着他或者对着我直扑而来的当儿，我们似乎从中取得了约会的余裕，又是一齐地用两把刺刀去迎接着！

三十名左右的敌人已经有三分之一倒下，还有三分之一失去了战斗力，其余的三分之一也正在急速地分解着的当儿，从我们的背后忽然又出现了三个敌人。他们取了适当的地形，三杆枪沉着地一同对准着高伟的背影发射。高伟在刚要爬过一个平斜面的大石的时候，毫无防备地用他的阔大的上身去接受那三颗子弹的横袭，他无能为力地倒下了，在倒下的一瞬间，他的枪还在手里高擎着。于是战斗突然地陷进了危险的境界，原先被我们所追袭的敌人，好像一时有了新的警觉似的，他们已经转回了枪口向我们采取攻势。彭元岳不知怎样，他刚刚一闪过了一株大树干的背面就立身不稳起来，卒至摇摇不定的倒了下去。他是左胸上受伤了，但是他很镇静，他利用这一跌转变了射击的方向，出其不意地使

[1] 白刃战：敌对方近距离的格斗。

那从我们背后袭来的三个敌人中的一个很准确地在太阳穴上接受了一颗子弹，其余的两个竟然狼狈地舍弃他们受伤的兄弟而走了！紧随着他们的背后猛袭上去的是刘宗仁和刘友达两兄弟，大概已经用完了身上的子弹了吧，他们决不放枪，他们这一去是只管挺着血污淋湿的刺刀，一径向那两个逃走的敌人直奔着。不知怎样，这两个逃走的敌人竟然失去了他们原来的镇静和勇猛，而为刘宗仁刘友达他们直奔而进的可怖的气势所慑服，他们变成了毫无战斗的能力。当跑在前头的刘宗仁的刺刀接近他们还不到五步的时候，他们便发觉了，虽然武器在手里紧执着也等于无用，都把枪杆子抛开了去，不知愧赧地在两位胜利者的面前屈膝下跪。但是这得不到刘宗仁和刘友达的饶恕，他们是毫无怜惜地结果了这两个俘虏，给高伟复了仇！

这其间，西边一带的枪声慢慢地减少，在中部担任作战的兄弟和我们取得了联络。战斗似乎很早就失去了重心。对我们进行反攻的敌人，火力非常单薄。中部的兄弟有五个已经加上了我们的阵线，我们突然增加了一倍以上的火力，不消说，战斗的胜利从这一瞬间起就已经决定了下来！

二十分钟后，红花地全线的战斗情形，了如指掌地摆在我们的面前：我们小小的三分队，一共还不上两百人的队伍，奇迹地克服了敌人两团的兵力。

遗留在后头，还未开进这森林里来的敌人的大队受了这意外的震惊，已经一拉而断，向西撤退到三里外的布心圩地方去。当然，我们的队伍在这时被发现，对于他们正也是一种很好的情况，因为他们只要抓住了我们这个目标，进攻这事就有了着落。我们呢，对于敌人的更严重的进攻之防御，是从这一刻起就必须紧密地准备着，但是我们整个的队伍却开始了忧愁！

我们，在这一次初始的战斗中除了必须支付的正常的牺牲——死伤之外，剩下了一百四十三个人，用这一百四十三个人去接待敌人更严重的进攻，那是绝对地没有问题！只是还有一件更繁重的任务，就是看押俘虏。这俘虏的人数有三百多，超过我们全数一倍的数目，我们就是用整个的队伍来担当看押俘虏的任务也还不够。我们全部八个分队的武力，有五个分队已经开到梅陇方面去应付那更严重的战斗。在后方，全是赤手空拳的群众，可以说是一兵一卒也没有，我们还能有援兵么！那么，我们只好把红花地的宝贵阵地断送了，我们根本就够不上守御！

杨望，我们的老大哥，这时候毫不动摇地决定了。三百多的俘虏的黄色制服，强烈地、占多数地在我们的服装不一律的、近乎败坏了的队伍中参合着！学生出身的兄弟们比在火线上呼口号更进一步的宣传工作也开始了。三百多俘虏几乎九成九是下级军官和兵士，他们的态度是驯服得很；战斗，已经共同地都认为是过去了的事，他们一般地都陷于一种愁苦而疲乏的状态，有的用手巾在包扎手上或脚上的轻伤，有的在山涧边喝水，虽然一堆堆地聚集着，而可惊的企图在他们之中可以说是半点也没有。他们也许多半都已经打消了各种的疑虑，静待着我们的处理。我们对他们并不曾用过任何强暴的压制手段。他们之中，间或互相地发出了谈话，我们一给他们一个眼色也就把谈话停止了。但是总指挥杨望所发出的命令，秘密地，像强烈的电流，在我们彼此的耳边交流着，为着神圣的防御之继续，并且为着一百四十三名的秘密（在这神秘的大森林里面，敌人始终不明了我们到底有多少兵力），不要在这三百多的俘虏中被发露。总指挥杨望秘密地把他的命令发出之后，就屹然不动地在我们的侧边站立着，一只手拼命地把他的长长的睫毛揉动着，似乎在叫他的两只圆大的眼睛要把这不容易控制的场面把握得更准些。

太阳光从树梢的缝隙向下直射，时候已近正午，森林里的冷气低退了不少，我们也多少感到一种烘热的气流。我的头脑却沉重着，胸腔里起了在战斗中还不曾有过的气喘，呼吸也不容易起来，几乎感受到窒息的痛苦。……我好几次想要对杨望提出异议，但是一看到杨望的一副钢般的黑而冷的面孔时，内心似乎又受了一阵强烈的警醒和启示，因之我的头脑也变成冰冷了，几乎是指头触摩杨望的冷面孔而起的感应。我得为自己庆幸——在杨望所领导的战斗中，我和我手里的冰冷而犀利的武器是自始至终紧紧地结合着。

这惊人的场面是终于痛楚地展开了！

我们，一百四十三人一齐地发射了一阵最猛烈的排枪。这排枪有着令人身心颤动的威力，黄色的俘虏崩陷的山阜似的一角一角地倒下了。随着那数百具尸体笨重地颠仆的声音，整个的森林颤抖了似的起着摇撼，黄叶和残枝簌簌地落了下来，而我们的第二轮排枪正又发出在这当儿。

回顾我们自己的队伍，是在森林里的丛密的大树干的参合中，弯弯地展开着，作着对那黄红交映的尸堆包围的形势，像一条弧形的墙，……

沉郁的梅冷城

一

为着一个愚蠢的守卫兵被暗算，也许是再微小些的原因吧，以致梅冷在防御上偶然失手的事，是一点儿也没有什么稀奇的。保卫队有着克服一切骚乱的能力，经过了一场恶战之后，暴徒们趁着夜里来，又趁着夜里走了。

但是，保卫队还有着不能不严重地加以研办的事。

保卫队宣布了一连三天的戒严令，把梅冷的四关口都封锁住了。人们只可以从外面走进城里，却不准从城里放出一个，——这唯一的任务，是搜捕在城里作着潜伏工作的叛党。

注意力的集中点，在于 × 军袭城的时候，城里发现的一颗炸弹。

炸弹在一间理发店的门口爆发了。

爆炸，除却在那街道上深深地挖成了一个窟窿之外，它似乎着重于一种无谓的忿恨的发泄，理发店的玻璃窗，给震裂得像不懂得爱惜精力的小孩子拿着铁锤儿细心地一片片去锤成的一样。

于是，一切成为臆测中的事了。

那最简单，最易于给抓在手心里的线索是：

第一，对于这炸弹爆发后的更严重的事态的继起之假定。

其次呢：

投掷炸弹的人之必为 × 军的内应，那是毫无疑义的了。

并且，——

最可注目的是那理发店里的理发匠。

马可勃，那理发匠是最初受审问的一个了。

马可勃是一个刚刚学会理发的小孩子。他的父亲在通行外洋的大轮船里当水手，常常隔了很久才回来一次，母亲是在他两岁的时候就去世了。马可勃给寄养在一位亲戚的家里，不久，从远远的地方，传来了他的父亲在船上失事的噩耗。从这时候起，马可勃给亲戚赶开去。

他在田野上糊涂地乱跑，学会了用竹蔑片子编成的有着葫芦嘴的小篮子去小河边捞鱼的事。

有一次，天刚刚下过了大雨，马可勃偶然经过一个满装着春水的池塘的岸畔。

太阳透过低低的薄雾射出了新的光辉，水银一样披泻在那蒙茸、碧绿、带着水影的禾苗上。青蛙儿咽咯、咽咯，异声同调地唱着它们的歌曲，弹着天生口吃的舌头，不怕千遍万遍的重复。

马可勃远远地望见了：那边，在一条田径和另一条田径之间流着一条小小的沟渠，沟渠里露出了一个人头。马可勃所看到的是梅冷的中年以上的农人，喜在后脑上留着的一排短发。当那人偶然回转头来，发现了马可勃正从这边向着他走去的时候，他张开着嘴巴（他一定遭遇了什么怪异的事），并且，他显然对着马可勃呼救。可是马可勃的耳朵给蛙声吵坏了，一点也听不出什么。

那人的下半身浸在水里，一件给雨水淋得湿透的薄薄的破衬衣，像街市里的墙壁上胶着的广告纸一样，胶住了他的紫黑色的皮肤。从他那痛苦的脸相上，马可勃所受的刺激，突然的叫那小小的心灵向着最伟大最成熟的方面扩展开去。

马可勃于是高高的站立在那小沟渠的堤岸上。

"啊，你可不是受了伤？"

马可勃这当儿的胸腔里装着光亮的灵魂，他快活极了，对着那人居高临下的发问着。

那人依然张开了嘴巴，但是，一点儿也没有效果，他用着最忍耐的声音低低地呻吟着。马可勃始终听不出他说的是什么。

他看着那人伸出了一只手。

"对啦！"

马可勃暗暗的点着头，在一束禾苗的脚胫下拾起了一顶给浸得快要化掉了的帽子。

并且，这样的时间是一霎眼也不能迟缓的，他依照着那人的无声的吩咐，在那湿帽子的夹布里找出了一包类似炭灰一样的药物，丢进那人的嘴巴里。

过了一会儿，那人终于活跃地挣扎起来了。有一条很大的箫子蛇在他的手里给抓着，翻出了白色的肚皮，一条长长的尾巴在半空里卷旋着。

经过了这件事，马可勃依着成年人的行径结识了那怪异的家伙，就是那个幸而让他救活了起来的捉蛇人。

不久，那捉蛇人却又让一条最毒的毒蛇咬死了。

马可勃，于是，重又退下来从成年人变成了小孩子，到一个村庄里去给人家牧马。

但是马可勃始终得不到一个安息的地方，主人没有留给他一点儿的情面，因为他突然变成了冒冒失失的样子，在马尾上点着了火，把马尾烧掉了。

当他做了理发匠的时候，他还是觉得自己没有一点儿的成就，因为他鄙视着理发这一行业，他用自己积下来的钱买了好些把凿子和小刀，要去学习雕刻。

关于雕刻，他听过了一个故事。

这故事的好处，在于说这故事的人不在了，不晓得是从谁人的嘴里传下来的。他希望这故事能够在世上绝了迹，那末，他将变成了这故事里的人物，希望着这故事的再演。

马可勃于是游荡在他的神妙的幻觉中了。

但是，他天生着一副忠实的脸孔；他勤于做事，肯于受付托；从他的嘴里最容易得到答应。

马可勃在军法处受审问的时候，他变得越发驯良了，像是听从着理发店的师父师兄们杂乱的叫唤声，一下子扫地、一下子拿刷子般的，那小小的脑袋忙碌地转动着；站在检察官的面前装着不曾听见或者不曾觉察的傻头傻脑的样子，于是成了一件顶难的难事。

"这样的吗？……那样的吗？……"

检察官的发问像锋利的剑尖一样尾随着他的口供，紧紧的追踪着。

"是的！"马可勃的心里，有着一条长长的退路，这退路恐怕是和那雕刻的故事，也有点儿关系的，"……炸弹，什么呀！唵，是的，这炸弹……是那个挑夫契米多里，他从别处带给我的，我知道这件事……"

二

从那一百几十个囚徒群中，契米多里，他被提到军法处来了。

听说这个人曾经拒捕，他的左手在和保卫队挣扎的时候给砍断了。他的妻曾经结识了一个牧师，在牧师那边知道了一种止痛药，那是所有的止痛药中最能止痛的一种，契米多里的创口一点儿也不要紧，有着这样的药在敷着。他原本就长得强壮而且高大，两条裤筒高高的卷在大腿上，一对巨粗的脚胫像弯弯的刀板一般，朝着相反的方向牢固地分站着。为着身上失了许多血，这下子他的神情变得有点儿憔悴了。

契米多里是梅冷城里的人，为梅冷和海隆两地间的商号输送货物的一个挑夫。

从海隆到梅冷，没有河流也没有铁道，只有一条峻险的山路，要流转彼此的货物，挑夫，这就是独一无二的交通利器。

契米多里走在从梅冷出发的挑夫群中，和平常时候一样，在正午以前到达了海隆。他们把货物分送给许多商号，再又从许多商号中接受了向梅冷方面输去的货物之后，依例是聚集在一间馆子里，解下了自己带来的干粮，没有带干粮的便吩咐店伙做几个黑面团。

契米多里有着别的任务。他连中饭也不在这里吃了。这一天，一走进了海隆，便没有看到他的影子。

契米多里哪里去了呢？

自己只管照料着自己的人们恐怕不会这样问。

这样，契米多里在一点儿也不受注意的时间里做完了许多事。

现在，他是可以回去的了。

但是，他必须把时间拖延下来。譬如往常回来的时间是在下午一点，那末这一次就必须拖延到两点，最好还是在两点以后，这样，在路上，他可以躲开了他的同伴们，避免许多无谓的阻梗，他们已经到了前面很远很远的地方去了。

一条小山溪，在那坚凝，峭厉的山谷里苦苦地挣扎着，幸而打通了一条小小的门径，冷冷朗朗，发出悠闲轻逸的笑声。从海隆到梅冷的山路，逶迤沿着那小山溪的岸畔走，小蛇儿似的，胆怯而又诡谲地，忽而，爬上了那挂着威吓的面孔的石堆，忽而，穿过那为长长的红脚草所掩没的小石桥。两边，高高的山峰，用着各种各样可惊的姿势，人对那小山溪所流过的地方俯瞰着，而且毋宁说是寻觅着。契米多里挑着沉重的担子，一步一步的喘着气，在一处有着野槐的浓荫的路旁歇息下来。他像一只吃人的野兽，在未曾把人攫在手里之前，却反而躲避起来了，简直有点儿怕见人。但是这当儿，路上走过了一个戴着第一号大草帽，有点儿像大商号的出海一样的人，接着是两个抬着空轿子的轿夫，……

契米多里倾斜着上身站立着，吐了一嘴口沫，变换脚胫的姿势，这样的动作都似乎给予了可疑的材料，而他所干的事就要毫无隐匿的败露了！

契米多里的经过是良好的，过了一会，他爬上一株高树去作一回了望，知道附近至少是半里之内再也没有一个过路人。契米多里于是把两条指头夹着拿进嘴里，用力的一吹，发出了哨子一样的尖锐的声音，接着，从那树林里爬出了一个人。这人是谁呢？契米多里不认识，但是他所认识的不是人的面孔，却是一种共通的讯号。

契米多里终于说出了，……

这是超过了一切的忍耐力的肉体的痛苦迫着他说的。他给倒吊在半空中，有三条夹着铅线绞成的皮鞭子在他的给脱得赤条条的身上交替地抽打着。他晕了过去，又给用冷水喷醒来，另外，在那断臂膊的伤口敷着的药给扔掉了，换上了一包盐，在盐着。

契米多里怪声地叫着。

"……炸……炸弹……是从那……那人（从树林里出来的那人）的手里交给我的……"

契米多里鼓着他那将近死去的活力说。

三

"马可勃，"检察官回转头，有条不紊地呼着那小孩子的名字，"契米多里把炸弹运来了，放在你们的店子里，等到那一夜，×军在城外开枪的时候哪，……喂，马可勃，你害怕着什么呢？……你说吧！你就把那炸弹交给别人，不，那显然是你自己动手搁，真的，你一定连炸弹一离手就立即爆发的事还是不大懂的，……是这样的吗？"

但是马可勃摇荡着他的小小的脑袋。

"不是的，"他辩白着，"有一个人，他来得慢了一点，手里拿着一张纸条子，上面有着×××××（×军的首领）的签名，从我的手里，他把那炸弹取去了！……什么，喔，这个人的名字是记得的，他叫做克林堡……"

这样，事态就突然的转变严重了。

检察官双手放在台面上，互相地盘弄着指头，对于马可勃的话装作不曾听见。

"什么？……你说的是谁呢？"

马可勃睁大着眼，……但是，他立即镇静下来了，他回答得更加确凿而且有力。

"谁？……就是克林堡呀？"

保卫队的总队长，华特洛夫斯基，他是有着一位名叫克林堡的弟弟的。

检察官沉默下来了。他回转头，对着和他并排坐着的总队长望了望。

华特洛夫斯基一只手握着指挥刀，一只手放在膝盖上，左胸上挂着的一排精巧的勋章儿，摇摇荡荡，刺眼地闪烁着。

华特洛夫斯基隔壁是军法处长，他年纪老了，头上披着光亮的银发，曲着背脊，喀！喀！一声两声，为着要调剂这突如其来的寂寞，他谨慎地适当地咳嗽着。

华特洛夫斯基于是耸着那高大强壮的身躯站立起来。一对严峻的眼睛，经那高高突起的胸脯向下直视着马可勃。

马可勃颤抖着。

华特洛夫斯基作着简短的语句怒吼：

"你说什么人？什么人叫克林堡？你发疯了！"

马可勃正想重又说出克林堡的名字，但是华特洛夫斯基已经挥起了他的皮靴尖，马可勃的屁股重重地倒撞在审判所最中央的一块红砖上，哼的一声，像小孩子在梦中时叫了出来的声音一样。

四

克林堡是一个年少而且精干的面包师。他还不曾结婚，可是很早就成长了，他的上颚茁发着一根根的粗硬的英俊的胡子。他不善于应用他的强健的体格，那突挺着的胸脯不肯让它张得更挺，那高高的肩峰不肯让它张得更高，并且，克林堡在刚刚发育的时候就有着这么的一种奇异的想头，他觉得自己在空间里占去的位置太多了，一个人这样的长大起来似乎是未经允许而应受干涉的一般。克林堡想极力的把自己的身材缩小，但是不行，只是把背脊弄得有点儿驼罢了。

克林堡的父亲是马福兰的村长，当他的大儿子华特洛夫斯基还不曾在梅冷当总队长的时候，他自己已经很早就出名了。

约翰逊·鲍克罗（那村长的名字）的祖先是远自热带迁来的，所以，他不但是虔诚的耶和华的信徒，而且有着很深的释迦牟尼的气味。他进了高等学校。他说他的信仰是和生物学也有着密切互通的关系的。从生物学出发，他主张除了他自己，别的人都应该吃素。然而这样是不够说明他的为人的，他是一个怪异的人物，至少克林堡已经开始有着这种判断了。

有一次，一个小孩子捉到了一只鹭鸶，在村长的门口经过，给约翰逊·鲍克罗觉察了。

"你捉了它干什么用？岂不是要把它活活的弄死去吗？"

小孩子当为做出了大不了的反事，被严峻地诘问着。

"不，……"小孩子惊异地回答，"我要把它带到梅冷去卖的，……"

"为什么要到梅冷去呢？到梅冷去，为着卖一只鹭鸶，……太远了呀！你卖给我好不好？"

他把鹭鸶接在手上。

"什么价钱呀？"

他侧着颈脖，诡谲地对着那小孩子笑了笑。

"三个戈比就好了！"

"这样贱的吗？"

说着，一面把鸟脚上捆缚着的绳子解开来，双手高高的举着，一耸——那幸运的长脚鸟就远远的飞去了。

约翰逊·鲍克罗于是怪声地笑着。

他交给那小孩子六个戈比。

"那末，你回去的时候，就告诉你的母亲吧，我给了你多一倍的价钱了！"

卖鹭鸶的小孩子走后，约翰逊·鲍克罗带着克林堡蹩出门外，避着猛烈的阳光，在菩提树的浓荫下站立着。顺着一片碧绿的田野眺望，在天和地相接的地方，若隐若现的浮泛着一种奶白色的气体，疏荡地笼罩着那一线苍郁平淡的远山。约翰逊·鲍克罗的喜悦从放生了一只鹭鸶的事继续下来，他对着克林堡说了许多话，态度比什么时候都要和蔼些。他说的是关于从人类的道德出发、去想象一只鹭鸶之被杀戮是如何悲惨的那回事。

那时候，克林堡是比那个卖鹭鸶的小孩子还要小，他好奇地发问着：

"要是那鹭鸶给杀死了，它的同伴会发传单，宣言，把消息告诉别的同伴们不呢？"

"对啦，你的意思我明白了，那是关于反抗，暴动这一类的事情的吧？"

约翰逊·鲍克罗突然觉察了自己的优美的思维受了妨害。

"克林堡呵，"他的眉头有点儿蹩着，"你每一天都跟着我走，但是你说的话却不是我所教给你的。在路上碰见先生的时候你对着他鞠躬没有呢？我说的话你总得记住，还有你的哥哥华特洛夫斯基，他年纪比你大，学问和阅历都比你深，你也应该听听他的……"

克林堡起初除却在心里预备着对父亲说什么话之外，没有觉察到别的事，但是一提起华特洛夫斯基他就有点儿恼怒。

有一次，克林堡给嫂嫂带到一位警官的家里去赴宴会。那警官人倒很好，分给他许多朱古力糖，而且有着一个漂亮的儿子，他穿着黄灰色的特别制服，头发剪着威猛的陆军式，手里不时的拿着一把精巧的小刀——不，那小刀上附带着的一把锉子，在锉着，……那警官用粗硬的指头，像铁钳儿般的钳着克林堡的颧颥骨，钳得很痛，一面对克林堡发问：

"你是华特洛夫斯基的令弟吗？"

这样一连问了三遍，那钳在颧颥骨上的铁钳儿没有放掉。

克林堡没有回答。

过了一会，警官哈哈的大笑了一阵，随后就走到别的看不着的地方去了。

克林堡的嫂嫂突着双眼迫视着克林堡。

她把这件事告诉了她的丈夫。

华特洛夫斯基严重地叫克林堡来到他的面前，但是他突然的在心里忆起了别的急于要办的事，于是踏着阔步子走开去了，连看也不看克林堡一眼。

克林堡准备着受鞭挞，不想所得到的侮辱比鞭挞还要重。

华特洛夫斯基养着一匹雄伟的白马，并且，请了一个年轻的马伕。

华特洛夫斯基对克林堡说：

"马伕正要牵马到草场上去了，你跟着他吧，你必须时时刻刻的看住他的手，我的那匹马的身上，有一个地方（到底什么地方克林堡没有听清楚）是他的手所不能摸的……"

克林堡和马伕，一块儿在一座古墓的祭台上坐着，听着马伕讲故事，让那匹马系在石柱上，高举着长长的颈脖在望天。

马伕说的仿佛是一只鸡，不然就是一只野狐；他说那只野狐诈死，在什么地方碰见一只狗，又怎样的穿着女人的绣花裙子，假装一个爱哭的女人，……克林堡的思索力常常走在那故事的前头，他觉得只有马伕的话是他所爱听的。

后来克林堡长大了，华特洛夫斯基叫他进保卫队里去受训练，但是他不肯，而且，凡是华特洛夫斯基所鄙视的人，都成为他的朋友。他有着抗拒华特洛夫斯基的能力。他宁愿在一间酒楼里，当一个面包师。

大搜捕的头一天，克林堡和他们同一间酒楼的工人一起被捕。但是他和华特洛夫斯基做兄弟有一点儿益处，那就是，只要他肯提起华特洛夫斯基的名字，每一个保卫队都可以决定把他释放。

晚上，华特洛夫斯基使人带了一条纸条子到克林堡的酒楼里，叫克林堡跟着一同去。

华特洛夫斯基和他的女人在用晚饭的时候，克林堡进来了。

嫂嫂道着晚安，克林堡冷淡地回答着。

这房子充满着新的桐油的气味，堆积着许许多多的新用具，在一个贵妇人的眼里，这是一部最丰富的书，她要指给许许多多的客人们看，千遍万遍的背诵着它们的价目，它们的新鲜名字和远远近近的出处。

克林堡随手翻着报纸，他觉得在这房子里坐着已经太久，他不能不对着哥哥发问到底有什么事。

华特洛夫斯基趁他的女人进厨房里去的时候，他对克林堡作了一个手势，叫克林堡先到他的寝室里去。

随后，他带来了许多水果，叫克林堡一同吃。

他和善地吩咐着克林堡，仿佛已经重新开拓了一个天地，这天地是值得克林堡进去参观一下的。

克林堡没有表示。

但是，华特洛夫斯基已经对克林堡说过了：表示和不表示都没有什么关系。

五

第二天的早上，大约是八点钟的时候，克林堡为着一夜没有睡得着，正沉没在酸痛晕疲中，突然有许多人涌进酒楼里，把他从床铺上揪下来，拉到街道上，街道上的人成千成万地拥挤着，克林堡在群众的殴打下找不着半点掩护，脸孔变成了青黑，张开着的嘴巴，喊不出声来，只是在肠肚里最深的地方"呃呃"的哼着。

墙壁上的布告已经预先贴出了。

今天，有一百七十二个参加叛乱的罪犯给处决死刑。

有着华特洛夫斯基的亲弟克林堡在作证明。克林堡是叛党的主要负责者，但是他自首了。

如今在和克林堡为难的是那一百七十二个的亲属，他们要为他们可悲的被难者向克林堡索命，分吃克林堡的肉。

克林堡的耳朵还是有点儿清醒的。

那边，远远的响着震人心脾的号声，一百七十二个囚徒排着长长的行列，像两枝青竹夹着一枝柳条的篱笆般给一连保卫队夹在中间。总队长华特洛夫斯基骑着他的雄健的白马殿在背后。慢慢的，这行列分开了那拥挤着的人群，在克林堡所站立的街道上直伸而过。

克林堡双手抱着痛苦的头，有无数只绝命的手在对他挥舞着。

要是克林堡还有一件事应该做，那便是牺牲了他自己，救回那一百七十二个。

克林堡于是向着那相距不远的行列奔去，他摆动着双手在群众的重围中打开了他的路。

克林堡一只手揪住了华特洛夫斯基的白马的头辔，一只手高举着。他对着前头的行列高喊：

"停止！停止！"

华特洛夫斯基以为遇到刺客，立即拔出了他的手枪。他对着克林堡的面孔眈视了一分钟之久……

群众的声音太嘈杂了，克林堡的声音没有人听得见。

克林堡当着群众的面前质问华特洛夫斯基：那一百七十二个给定了死罪，到底是谁人去作证明。

华特洛夫斯基是有着他的过人之处的，他命令保卫队驱散了群众之后，随即把克林堡捆缚了，给五个保卫队送回家里去。

因为，他说：

"克林堡今日得了疯狂的病症了！"

大约过了二十分钟，保卫队便枪决了那一百七十二个。

溧武路上的故事

　　在江南，在日本人的梅花桩和棋盘格子中通过封锁线，是一件不容易的事情。

　　在封锁线上，"中国军"和日本人发生了屡见不鲜的战斗故事，这些故事都是用血染成的，也可以说是壮烈，也可以说是很可悲的呢！

　　不过这里所谓"中国军"，并不是指的所有的中国武装，这，在一般的老百姓中间是有分别的。在老百姓口中"中国军"是指的冷总指挥统率下的挺进军和攻击军，以及那些冒失地开到敌区中来的许多戚戚察察的军队。当老百姓口中叫出这个"中国军"的名称的时候，他们是站在第三者的地位的；当这个军队和日本人作战的时候，老百姓也只能充当一个观众，站在袖手旁观的地位，或者好好地在家里躲藏起来，根本不要去参与那战斗场面。在平时，老百姓怕见这样的军队，而当他们和日本人作战的时候，他们就越发凶狠。茅山、九龙坞和茅麓公司附近的居民都尝过这个味道：只要枪声一响，他们和日本人怎样英勇作战的情形人家倒没有见到，可是他们杀老百姓是杀得挺凶的。

　　溧武路一带的居民述说这些故事，往往要掉下泪来。

　　在溧武路上（在从天王寺到薛埠，特别从×××到薛埠的那一段）这里经常是"中国军"和日本人交锋——不，"中国军"冒失地被日本人大事屠杀的场所。这里正是茅山和磨盘山相衔接的所在，公路从山峡里透迤地伸出来，公路上的碎石都染上过碧血，直到很久很久都还在太阳光下放着血的阴暗的闪亮，……两边的荒山全被野栗子、山胡桃，以及那长长的红脚草所拥没，这些在那黑的土壤上生长着的东西都显得过分的繁茂，绿的，阴黑而发亮的，紫红的丰盛而含水的叶子，仿佛吸满着战死者的血，给人一种冷的可怖的感觉。在那潮湿的罅地里，水塘里或草丛间，青蛙和纺织娘的声音都叫得特别高亢，交织成一种仿佛由于人类的灭亡而发生的繁荣的景象，……

在溧武路上，"中国军"和日本人怎样作战，只有那公路边的居民懂得这个秘密。

有一次，"中国军"有两个营开过溧武路，他们惯于在白天里行军，因为只有在白天里，在鲜丽的太阳光下，才能显见他们军容的强盛，日本人从山峡里向他们开枪了，日本人知道在这样的一瞬中饱飨杀戮的狂欢，枪声像河水似的在山峡里流过，"中国军"还来不及把枪杆子从肩膀拿下，瞬息之间已经有三百多个丢了性命。

像这样的故事那边的居民知道得最清楚。而他们自己，因了冒失，因了不经心，或者由于对战争的责任心的缺乏所造成的不智与愚蒙，因而招致的失败，却使他们愈加不容易在敌区中立足，而且愈加对人民展施残暴。至于堕丧战争的勇气，以日本人的无代价的杀戮来恐怖自己。

现在请让我来讲述这样一段故事。

这已经是两年前的事了。

"中国军"有一个团开过溧武公路，进入了溧武路以北的敌区。这一个团的庞大队伍，如果在一天两夜之间对于日本人的据点并不能有所作为，那么要想在挨着敌人两里三里的地方筑起阵地来，而且一面还要与老百姓为敌，根本是办不通的事。他们带着过分的敏感在群众中间封锁消息，在所有大大小小的路上放出哨兵，对群众无限制的呵叱，检查，逮捕和杀戮，禁止群众在任何的路上通过，残暴地敌视群众，惧怕群众的接近。

"先生，为什么你们总要放这么多的哨呢？"在庄湖头，有一个青年这样提出发问。

"混蛋！"那"中国军"呵叱着："你问什么？为什么问？"

"……因为我觉得奇怪，我们新四军是不放哨的，所有的群众都是新四军的哨兵。可是你们……"

"为什么'我们'，'你们'？为什么叫'我们新四军'？你……这个坏东西，共产党！岂有此理！新四军到处都是……"

于是他们开了一个地洞活埋了那青年。

像这样的故事，在那边的居民中间都在久远的传闻着。

然而这样的军队在那边是不会驻得很久的，至多一个礼拜，他们就要觉得四面受敌，无所措手，以至于又退出了溧武路以北的严重的战场。

然而这一次，日本人已经知道了他们的消息。日本人加强了溧武路的封锁，日本人准备在封锁线上和他们作战，或者在棋盘格子里把他们消灭净尽。

"勇敢些吧，冲过去，不要做这样一个懦弱可耻的军人！"

团长，那长个子，白脸孔，眼睛像鸽子般起着神秘的圈的浙江人这样说了。

接着他唾骂那高大壮健的团参谋，唾骂所有的部下。他企图在日本人的恐怖中救出自己，因而极力使自己从众人中间分别开来，他骂人家是兔子，野蛮地发出他的威武，准备着当日本人到来的时候，他可以自己一个人大踏步的走开，用深恶痛绝的态度抛弃那无数的懦夫——他自己所率领的队伍。

这天的下午，他接见了新四军的一位支队参谋……他客气到无以复加，他首先颂扬新四军的政治工作，又羡慕新四军光辉彪炳的战绩，最后为了表示对新四军的忠诚，他痛诋旧式的军队生活的没落与黑暗，甚至不惜抛弃自己的立场。

这新四军的支队参谋作战的勇猛，我是不想在这里作介绍的，因为要发现一个勇于战斗的人在今天的战场上已经不是一件奇事。他是一个游击战争的老手，在过去，在红军时代，他曾经和国民党整整斗争了十年。

共产党人有他的一种单纯、朴素的气质，在统一战线的场合，往往要使对方浓盛的情意以及丧失立场的谦虚成为可笑或过分，而他的凛然无动于衷的气概，却使连佩服他的人都不免对他加上矜骄，傲慢，缺乏情感的罪名。

他是一个灰暗，沉默，并不十分令人注意的人物，他说话不多不少，他不善于胡扯乱谈，更不善于互相的拍拍肩膀，造成一种热烈的空气来掩盖人类的无情与狠毒，他答应一个人的请求并不是为了请求而答应，却是由于人类单纯的互助的本能。

"好的，"他用一种单调的次低音对友军的团长这样说，"那么现在就走吧。"

他的铁般沉重的语句之下只能够是一个结点，没有感叹号，更没有包含半点疑虑。

他没有带什么队伍，除了他的坐骑之外只带一个小鬼。小鬼和他，这就是他的行列。他的小鬼是一个稚弱的简直只懂得嘻嘻地说笑的小孩子，他背着一个望远镜，一把很长的日本剑，一支手枪，用日本旗子做包裹布，手上还戴着一个漂亮的表，这些都是从战斗中缴获的胜利品。新四军的干部就是这样的喜欢用胜利品来装饰他的小鬼。他的小鬼牵着马走在前面，走得很慢，一步一步的走，他决不用鞭子鞭他的马，叫它急风疾雨的驰骤，他的马也许是一匹驽马。

日本人在溧武路上等候着。耳朵里听着这警讯，而眼睛望着那支队。参谋骑在马背上，叫他的小鬼牵着马，一步一步爬上那波浪式的起伏不定的山冈，走向茅山的山麓。他们的背后，"中国军"一个团的庞大的队伍被率领着。

夜幕慢慢的落下来。夜的单一的色调把人类的犹豫、观望、趑趄不前的面孔像作着慰藉似的覆盖着，叫他们彼此无从辨认，不要在互相间发生影响，只能用沉默、不动声色来保持他们的行列的整齐。

碧空里挂着刀一样的上弦月，松林蕴蓄着热的气息，松的针叶子发出坚硬的轻微的震荡，像金属物似的暗哑地发出悲鸣，又像远远的潮汐，当泛滥上海岸之后重又慢慢地向着海里引退，用一种低低的叹息传出无穷尽的千古不息的疲乏的音波。

将近十点左右了，这正是性急的日本人为了倦于等候而暂作罢休，撤回了他们的埋伏的安全的时候，有群众的线索的人会了解这个时候的。……然而依据群众的报告，日本人此刻正结集在×××附近的公路上，日本人要从时间上来消灭他们的疏忽和空隙，他们还可能一等再等，然而这并不是说，溧武路从此就可以封锁得更好了，从此溧武路南北之间要真的断绝了交通。

那支队参谋带领着友军的一个团，慢慢地向东走近薛埠，在×××的日本人的碉堡和薛埠之间通过公路，然后沿着公路的旁边向西，再寻往常所走的道路。

队伍已经走过了一半，山涧里狂噪着无限凄切的一片蛙鸣。

支队参谋下了马，和他的小鬼一同站在公路上，叫那后一半的队伍迅速地向着公路的南边跃进。但是这时候，他听见薛埠那边，相距还不到五十米远，有敌人的坦克车沉重地开来了，而且开始用机关枪向着公路两边作猛烈的扫射。

在当时，这被截断于溧武路南北之间的"中国军"的一个团的队伍为什么不至纷乱地溃散，却能够服从他们的向导——那新四军的支队参谋的指引，至于安然地脱出险境？这是一件神奇不可思议的事情，……

支队参谋对他的小鬼说：

"小鬼，你跟着他们走吧，不然你会发生危险的。……"

就这样，他的小鬼牵着马，向着公路的南边走他的去了。

支队参谋只有这个命令是错发了的。他尽可以不必叫他的小鬼走，如果他不叫小鬼走，却和他在一道，倒不至发生什么危险。他自己是当坦克车挨到身边时方离开那公路上的。这时候，友军的一个团的队伍已经安然地通过了。他对于友军已经尽了这一次向导的责任。他离开了友军，独自个在荒山上来回的乱窜，在寻觅他失去的马和小鬼。直到东方发白，他才在距公路不远的水塘边找到他的小鬼的一顶满湿着血的军帽子。这军帽子的左边有一条很整齐的刀砍的裂缝，这很整齐的刀砍的裂缝寄存着世界闻名的日本单面剑的锋利无比的剑锋。日本人砍杀了他的小鬼，并且把他的小鬼的尸体也带走了。

"唉，这小鬼，他一定在冲过公路的时候受了伤，……或者他倒在水塘边，因为伤口疼痛而挣扎，拨得水响，给日本人听见了，然后用刀把他砍死的。……"

他把那血淋淋的军帽子捡着带回去，喃喃的自语着，眼眶里掉下了一颗颗的怀念的热泪。

这一次，只有那新四军的支队参谋牺牲了他的一个小鬼，并且不见了他的马。

1941 年 6 月 4 日

多嘴的赛娥

赛娥出世的时候，那将一切陈旧的经验都神圣化了的催产婆，把耳朵里的痛苦的呻吟声搁在一边，冷静地吩咐着：

"尾审仔，来啦！……"

同时，一条指头指着那土灶旁边的小铁铲，眼睛眜了眜，用一种特有的符号发着命令。

尾审仔拿着小铁铲到屋子背后去了[1]。回来的时候，赛娥那不幸的婴孩带着巨深的忧郁怪声地啼哭着。

催产婆突然丑野地笑了。

"菩萨保佑，这是个牛古儿[2]呀！"

赛娥的母亲听了，几乎要跳将起来。伊用肮脏的指头拼命地揉着那泪水湿着的眼睛。

"我喜欢了！真的呵，我这一次决不会受骗了，尾审仔！……"

接着是那催产婆的名字，还有其他（凡是伊所认识的人）的名字都给虔敬地、恳切地呼叫着。菩萨的名字倒给遗漏了。

但是赛娥的母亲不能不受骗。

---

[1] 这是一种催产的迷信手段。

[2] 牛古儿：男孩子的别称。

赛娥是一个女的,这半点也没有变,和伊以前两位姊姊一样是女的。

伊的母亲把伊丢在村东的大路边的灌木丛下,让一个乞食的老太婆拾了去。

赛娥慢慢儿长大了,而且出嫁。大概是做了人家的童养媳吧,但是谁也不知道伊的事。

母亲负着重重的苦痛,有机会的时候就打听着。只有一点消息是一个小铜匠所带来的。

那小铜匠每天从梅冷城出发到乡下来,到处摆设着小小的修理摊。他耸着那高高的肩胛骨,在大拇指和食指之间拼命地卖气力,一把锉子像七月的龙眼鸡[1]一样,加略加略的叫着。那转动着的石轮子在光线稍为平淡的地方发射着点点火星。

对于赛娥的母亲的探问,他向来没有回答什么,反而时时的盘诘着,而赛娥的母亲却只管对他点头称是。赛娥的消息几乎是从那小铜匠的盘诘中发出疑问,再从母亲那边得到回答,然后才一点一点地受到了证实的。

有一天,赛娥拿着小木桶走出门口,恰好有一队从甲场回来的保卫队在巷子里经过,有一个兵士抬着一条从尸体上割下来游行示众的大腿,伊清楚地瞧见着。

伊吓得跑了回来。有一个装麦糟料的小钵子放在门阈上,赛娥这下子变成了冒冒失失的样子,把那小钵子一脚绊倒了,麦糟料和碎瓷片一齐飞溅着。

中午的时候,谭广大伯伯从保卫队部那边回来了。有人告诉他关于赛娥的事。

谭广大伯伯把一顶保卫队的军帽子挂在壁钉上,然后,他卷着袖口叫赛娥来到面前,爽快地臭打了伊一顿,像在盆子里洗手一样。

经过了这件事,赛娥再又在什么地方瞧见了许多被杀的尸体。特别

---

[1] 龙眼鸡:一种专歇在龙眼树上的昆虫。

在市门口的石桥上，有一具尸体是给剖开了胸腔的，在桥头的石柱上高贴着的布告叱咤着说，什么人从这里经过，一定要用脚去踏一踏（那尸体），赛娥也跟着用脚去踏过了。

但是一个晚上，正在用晚饭的时候，赛娥的筷子在菜汤里捞起了一片切得很薄的萝卜，心里突然想起了有一次，伊在保卫队部的门口经过，瞧见那檐角下悬挂着示众的两片血淋淋的耳朵，不行，喉咙里作怪了，哇的一声把刚才装在肚皮里的东西一齐呕吐出来，喷在桌子上。

赛娥的焦红色的头发给揪住了，……

这其间，小铜匠因为住在隔邻的关系，不时的听见赛娥在没命的哭喊着。

那小铜匠是奇异的，他知道凡是小孩子都有一点坏处。

他在巷子里瞧见了赛娥。

"是呵，赛娥，你说什么人要打你，为什么？你一定多嘴，我顶怕小孩子多嘴，我要打多嘴的小孩子，不要多嘴呵，唉，我瞧见许多小孩子都是多嘴的，像木桂那样有缺点的小孩子几乎到处都是，他多嘴啦，他什么都爱说，而且不尊重年纪，是吗，赛娥，你一定也是的呀，……"

他只管独自个喃喃的说着，仿佛在白天里见鬼。

赛娥停了哭，给小铜匠带到一个食物摊上去吃了一点东西。但是伊简直做了一回把自己出卖的勾当；小铜匠的慈蔼的态度叫伊深深地感动了，对于那随意加上的罪名决不会有所辩白。

那小铜匠依照着自己所断定的对赛娥的母亲说了。

赛娥的母亲虽然听到赛娥常常挨打，但是伊决不怜悯。因为赛娥多嘴呵！

赛娥终于从谭广大伯伯的家里给赶走了，逃回了母亲的家里。

母亲是决不怜悯这样没出息的孩子的。

况且伊又躁急、又忙碌。伊必须和别的人们一齐去干那许许多多的重要的事。

晚上，村子里的人们有一个重要的集会。赛娥没有得到许可，偷偷地跟着母亲走到会场里去。

在一张高高的临时摆设的桌子上面，那第一个说话的人站起来了。

"大家兄弟！"这声音很低，轻轻地把全场的群众扼制着，"今天我们的村里初到了一个值得注意的人，是来自梅冷的。现在要立即查出这个人，最好不要让他混进我们的会场里。"

在无数骚动起来的人头中有人高举了一只手。

"同志，是赛娥！是赛娥！"

这是赛娥的母亲的声音，伊硬着舌头，像捉贼一样带着恐怖的痉挛在叫着。

赛娥颤抖了。接着给抓了出来。

母亲像野兽一样的暴乱地殴打伊。

当伊给赶出会场去的时候，母亲在背后怪声地号哭着，因为有着这样的女孩子的母亲应得羞辱。

赛娥的受检举是出于另外的一种意义，但是伊本身就有坏处。伊多嘴。虽然这只有伊的母亲自己一个人知道——另一个人是小铜匠，小铜匠的脑子被赋予了特殊的感觉，他知道凡是小孩子都有一种坏处。

"是呵，赛娥，你说什么人要打你，为什么？……像木桂那样有缺点的小孩子几乎到处都是，他多嘴啦，他什么都爱说，而且不尊重年纪，是吗，赛娥，你一定也是的呀！"

是呵，这是小铜匠自己造的谣！

赛娥在田径上走着，又悲哀、又恼怒。

伊在草丛里赶出了一只小青蛙，立刻把它弄死，残暴地切齿着，简直要吃掉了它一样。

接着，有一群拖着沉重的屁股的天鹅给恶狠狠地赶到池塘那边去。

赛娥一面发泄着心里的愤恨，一面偷偷的哭着。

在那高高的石桥上，伊瞧见了小铜匠。

小铜匠从这个村子到那个村子的搬运着他的活动的小摊子，劳顿地喘息着。

他歇了担子，在一束葫芦草的上面坐下来，那有着特殊功能的大拇指和食指像铁钳儿一样钳着自己的两颊，两颊给钳得深深的凹陷着。

他对着赛娥招手，使唤伊帮着拔去了裤上的草虾[1]。

赛娥跪在小铜匠的脚边拔草虾。小铜匠的眼睛对着远远的浅蓝色的山张望着，冷静，悠然，不被骚扰。小铜匠的灰黄色的难看的面孔引起赛娥一种有益于自己思索的感动。

一会儿，小铜匠搬运着小摊子走了。突然又停了下来，对着赛娥招手。

当赛娥走来的时候，他的嘴里嚼着一条长长的红脚草，似乎有助于他的思索什么的。但是他决定了。他把赛娥带到梭飞岩妇女部那边去。

"这个女孩子是有缺点的，伊多嘴，但是你们好好的加以教练吧！"

小铜匠说着，又搬运着小摊子到别处去。

赛娥驯服，静默，没有反驳。直到伊干起了一件差事。

冬天，赛娥在一个村子里见了总书记林江。

伊稍微的曲着背脊，嘴里呼着白色的汽体，间或望着窗外的渺无边际的雪，静默地听着林江的吩咐。而林江这时正被一种不能渗透的迷惑所苦恼，他松弛下来，嘴里说着的话好比一张纸，上面写着的字一遇到错误就立即加以修改，甚至一手把它撕碎，间或又短短地叹息着，把嘴里的白色汽体喷在赛娥的脸上。赛娥更加静默了。伊凝视着林江的一点也不矜持、不矫装的奇异的长脸孔，像一只在马的面前静心地考察着而忘记了啄食的鸡一样。

赛娥出发了。伊的任务，要通过梅冷和海隆的交界处的敌军的哨线，到达龙津河的岸畔，去打听当地的×军怎样和从别方面运来的军火的输送者取得联络的事。

雪下得更大了，天空和地皮像戏子一样涂着奸狡的大白面。赛娥走

---

[1] 草虾：一种容易粘在布料上的草子。

得很慢，伊的黑灰色的影子几乎总是和那小村庄保持着固定的距离。不过一霎眼的工夫，赛娥的影子在雪的地平线上远下去了，变成了一个小黑点在雪地里蠕蠕地作着最困苦的移动，像一只误入了湿地的蚂蚁一样。

下午，赛娥到达了另外的一个神秘的村子。梭飞岩的工作人员的活动，和从梅冷方面开出的保卫队的巡逻，这两种不同的势力的混合，像拙劣的油漆匠所爱用的由浅入深，或者由深出浅，那么又平淡又卑俗的彩色一样，不鲜明，糊涂而且混蛋……这样的一个村子。但是从梅冷到海隆，或者从海隆到梅冷的各式各样的通讯员们却把她当作谁都有份的婊子一样，深深地宠爱着，珍贵着，而那婊子，伊利用伊的特有的色彩，把那一个对手好好地打发走了之后，随即接上了这一个性质完全相反的对手，依然是那么温暖，那么热炽；对于战斗，伊是一块蓬松的棉花，这棉花的功能，要使从天空里掉下来的炸弹也得到不炸裂的保证。

赛娥现在受着一位神经质的老太婆所招待。这老太婆正患着严重的失眠症。伊用水烟筒吃烟，教赛娥喝酒，又恬静地，柔和地，用着对每一个"过往人"都普遍地使用的——然而并不如母性的洁净的情分，对赛娥的家境，赛娥的一切都加以询问。而当这询问还没有得到回答的时候，伊就已经满足了，点点头，喷去了水烟筒上的火末，这当儿，伊的眼睛还有一点青春的火，是那么的微弱，像一支火柴的硝药的炸裂一样，飘忽地闪一闪就失去了，于是学着悲观者的消沉的叹息，转变了语气，对赛娥作着更深刻的询问。

伊烧了一点茶给赛娥吃，又分给了赛娥两块麻饼。赛娥正式地受了爱抚，显得特别的美丽而且高大。伊说着一个少年战士如何倔强地战死的故事，怎样他的枪坏了，从什么人的手上夺来的枪，配着又从什么人的手上夺来的不合度数的子弹，怎样在同一个时候里不知发生了多少故障，……

"枪坏了，就该退下来才对，要把那坏的枪修整一下，但是他不退，"伊的眼睛明亮地闪耀着，驾御着伊的故事从一个高点驶进那悲惨的深谷里去，"他拿着一块石头，敲着枪杆上的螺丝钉，而他蹲着的那地方，正是敌人集中着火力冲锋的最要紧的第一线，有三个敌人同时扣着枪上的扳机对他瞄准，这却是他所不知道的……"

赛娥的声音有时很高，遇到窗外有什么人走过的时候就吐一下舌头，却不在意，接着飞快地把身子旋了好几转，像跳舞一样。

现在，那老太婆送赛娥出去了。

赛娥离开那温暖的村子，继续滚入那雪堆里去。

但是在赛娥的对面，有一队保卫队正沿着赛娥所走的路，对赛娥这边开来。老太婆要隔着那么远的地方叫伊，对伊重新地加以吩咐，好几个手势都预备好了，但是赛娥大胆得很，伊绝不回转头来望一望。保卫队和赛娥迎面相碰了，他们抓住了伊，检查伊的头发和口袋。最后是什么也没有的走了，临走的时候却又把赛娥一脚踢倒。赛娥滚进那路边的干涸了的泥沟里去。

老太婆站立在一片石灰町边旁的竹林子下，眼看着赛娥从一个患难中跳进了第二个患难，那将各个手势都预备好的手没有动过一动，却痉挛地交绊在背后，嘴里喃喃的说着：

"喂，赛娥，你怎么不爬起来呀！他们走得很远了，他们之中没有一个知道你是替 × 军带消息的，因为你是一个谁都不注意的小孩子呢！……"

但是，那老太婆的失眠症太严重了，伊的背后有两个保卫队在站着，他们是刚刚从村子的背后绕过了来的，从伊的嘴里，他们把赛娥识破了。

赛娥，伊就是这样的被抓在保卫队的手上的，而伊在最后的一刻就表明了：伊坚决地闭着嘴，直到被处决之后，还不会毁掉了伊身上所携带的秘密。

一个小孩的教养

　　永真的父亲都猴友，和马福兰全境所有的村民一样，一面种田，一面结草鞋。都猴友有着比其他的人熟练的手法，而又得到了永真的一些零件上的帮助，他一天至少能够出产二十双草鞋。马福兰地方出产的草鞋的坚实耐久，在某一个空间里代替了文明国土的工厂所制作的橡皮底，为军队所乐用。都猴友的草鞋，比马福兰全境所出产的更要坚实些。都猴友一生没有参加过战斗，却在战斗中存有着特殊的勋劳，因此，都猴友没有例外，他的积极的行动，终于不能逃出敌对者的精警的嗅觉和视听。

　　都猴友，马福兰地方的一个村民，用草鞋接济自卫军的叛逆分子。

　　在梅陇的保卫队方面的秘密通缉的名单上，都猴友的名字给开列着。

　　有一天，梅陇的保卫队开到马福兰地方来了。

　　马福兰的村民在一幅广阔的草地上剥麻皮，当着烈日，有许多剥好的麻皮刚刚晒干，就立刻给使用在结草鞋的粗劣的机械上，产生出新的富于麻皮的香味的草鞋。对于这种职务的操作，无论老、少、男、女，一致的参与着。

　　向马福兰方面进发的保卫队，在树林里隐没，在山岗上显现，终于惊动了那聚集在草地上的人群。

　　现在，保卫队已经对他们的目的物取得了极短的距离，而且开始跑步了。黄色的影子，夹带着杀人的利器的光焰，在烈日下闪耀着。最后是散兵式。

马福兰的村民舍弃了他们的工场，像可悲的羊群一样，负着巨深的灾祸逃命。

骚乱、颤栗、绝望的祈求，震动山谷的哭声。

保卫队对那四散飞奔的人群展着巨臂，按照着战斗的方式，确定了对他们的目的物的绝对的包围。

作为这恐怖的展开的中止，保卫队的长官用着平和无事——惯于为人类所亲近的笑脸在人群中出现了。

——你们看，他说，保卫队一个个的枪都是背在肩上的，他们决不对你们开枪，你们的恐慌是毫无意义的，懂吗？

接着，他说明了保卫队的到来，只是为着调查户口的一件事。

有另一个背皮包的长官跳出来了，他拿下了军帽子，用手巾擦去了里面的水蒸汽；头是秃的，下巴却长满了胡子，显得又老实又奸狡，看来似乎是一个走红运的骄傲的小商人。他的嘴里哼出的声音常常是那第一个长官的声音的语尾，这声音的作用，要使村民了解那军事式的微笑的背面，正有着铁一样的严峻而无可违背的命令。

"你的姓名？"

"丘妈送。"

第一个被盘问的村民的名字给那背皮包的长官用铅笔记在本子上。

"你呢？"

"谭水。"

照样。

"那末，你说吧！"

"高君龙。"

照样。

"靠左。隔着下一个。说，快说！"

"法相卯。"

照样。

直到一百二十一个。

完了，剩下来的是一些小孩子和女人。

第一个长官开始用一种严峻的眼光查察着。

"你们隐匿了，马福兰地方还有人，但是你们秘密着，……"

全部的村民互相地呆视着。

空气突然的紧张起来。

但是那第一个长官有着固定不变的笑脸，这笑脸正在不惮烦地指示着一种灾祸向何处预谋解救的途径。

这当儿，有一个小孩子从人群中出现了。

这小孩子头大，身长，背脊有点驼，脸上有着无数的赤斑，双眼像驴子一样对不可知的一切发问着。但是他是镇静的；他有着原始的、以毫无警觉的官能去亲近仇敌的、绝对的忠诚和善意。

"还有一个，那便是我的爸爸都猴友。"

都猴友的儿子永真说出了，有无数只睁得圆而且大的眼睛对他凝视着。

永真现在有一种神秘的、变态的、义勇的冲动，对于那长官的再次的盘问，他直言不讳的作着如次的回答：

"都猴友今日运货物到黄沙方面去了，他很忙碌，并且爱用黄沙地方出产的烟草，还有，他回来的路上有一个专门让行人歇息的茶亭，……"

"那茶亭距离这里很远的吧？"

"不，"永真欣喜自己所叙述的话有了着落，一只手向北指着，"这边，过了一条独板的石桥，有一个旱园子是种甘蔗的，再转一个弯，那里……"

两个长官的直竖着的耳朵正确可靠地在听取着，那微笑的面孔像复杂难懂的机械，尽着微妙的功能，把永真的供辞引向更重要的方面……

得了！

他们和永真分别的时候，远远地还扬着手，对永真嘉赞着。

永真胡乱地呆站着，有一个人用嘴巴附着他的耳朵低声地说：

"你错了。你不能把你的父亲的行径那么愚蠢地就告诉了他们……"

现在要看永真如何挣扎他的痛苦的生命了。

永真像凶狠的猫头鹰般的蹲在一个三角石的上面，双眼向着天空里最远、最深的地方直射着。

永真的痛苦是无可比拟的，他忏悔的仪式履行在恰恰逼临着绝灭的一瞬间。

在这里，没有一个人会给与永真一点帮助，保卫队临走的时候曾经对全部的村民警告着：

"在我们离开这里以后三个钟头的时间内，你们必须回家里去躲着，不能走出门口一步。"

永真的忿恨把这警告粉碎了。他熟悉着马福兰地方的最偏僻、最直捷的路径，他沿着一个干涸了的山溪的沙坝，利用着低凹的地形迅急飞跑，身边鼓起了云雾，风在耳朵里呼呼的叫着，遇着高而显露的地方时，他卧倒了，作着蛇的样子前进，好几次他像田鼠一样躲在路边的乱草丛里，听着在附近经过的保卫队咳嗽，喷嚏，以及放小便等等的声音，终于他越过了保卫队的前头，到了比保卫队所到更远的地方，然后，他在那路边的旱园里蹲着，作着刈草的样子，一面用全身的力集中在眼睛上，对那路的两端警戒着。

保卫队必定是到那有着茶亭的地方就停止的，他放心了，只是远远地眺望着那路的前头。

太阳刚刚从天空的正中向西倾斜，空气热得沸起了白色的泡沫，蚱蜢到处的弹动着那怪异的大腿，发出爆炸的声音。永真的背脊给太阳烤炙得发疼，汗水淹没了他的头发，再又向颈下冲洗着，但是他一点也不觉得难过，只是对着那路的前头眺望。路上的行人一来一往，那白色的沙土有如一条长长的蛇，它翻着肚皮，在行人的践踏下痛苦地蜷曲着，痉挛着。

时间拖着长长的尾巴过去了，永真那孩子背着巨深的灾难站在他的父亲的归路的前头，用发火的眼睛远远地指示着。他至少等过了三个钟头，太阳已经加强了倾斜的角度，光线渐渐的衰褪了，周遭的小树林里仿佛开始有了初夏的晚凉在流荡着。永真兴奋得有如一瓶丢了塞子的酒精，强烈地蒸发着，胸腔里开始不安地突跳起来，他甚至怀疑自己的眼睛，恐怕他的父亲的影子已经很早就从他的眼底里溜过去了。

　　他问了好几个从黄沙方面回来的行人，但是太生疏了，他们连永真的父亲的面孔的轮廓还不能回答出来。

　　永真的心里焦的地焚烧着。

　　他变得非常软弱，简直要掉下了眼泪。

　　这当儿，他仿佛望见远远地有一个人在对他招手。他向着那对他招手的人走，……那是永真的父亲的朋友，一个忠实的邻人。

　　他告诉了永真：永真的父亲都猴友的可悲的凶讯。

　　都猴友，一如以上所述的情形，在他的无教养的儿子永真的蠢笨中送了命。他躺在那茶亭的边旁，无可挽救地给保卫队杀害了。

　　然而，这就是无教养中的教养呵！

友军的营长

　　在金坛下新河南边指前标地方，驻着友军的一个营。这是一九三九年七月的一个夜里，这个营突然受了从下新河方面来的敌人的袭击。敌人的迂回部队沿社头、张村至红庙之线突进到红庙东北的大河的南岸。敌人的企图：不是叫他们消灭在这大河的岸边，就是把他们压往东面，叫他们一个个沉进长荡湖的水里。而在指前标的正面，这个营并没有能够抵得住敌人的进攻，正在往后面溃退着。情况的危险，作战条件的不利，莫过于这个时候了。

　　"现在就战死在这里吧！"营长这样对自己说。

　　他制止了部下的溃退，把队伍集中指前标附近村子的一个大祠堂里面，把这祠堂作为堡垒一样的据守，而以一个排展开到直通指前标的高高的河堤的两边，收容在指前标街上时被击散的部队。

　　这个排在二十分钟后完全消灭在敌人的炮火之下，从指前标街上至南面一带的村子已经为正面的敌人所占领。

　　这时候，一个侦察兵从西南面的大河那边回到营长这里，报告营长他找到了五只大木船。

　　"怎么？你找到了五只大木船？你准备逃吗？……哼，你这个怕死的东西！"

　　营长拔出了他的手枪对着侦察兵，侦察兵没有半点声息，他静肃得简直停止了呼吸，在黑灰色的夜中看来他的直立的影子像一面碑石。

但是营长并没有扣那手枪的扳机，他突然想到没有理由可以枪杀这个侦察兵，他应该率领他的部下利用那五只大木船立即渡河，而不应该在这祠堂里作孤注一掷的无意义的死守。

他们于是渡了河，安然地突出了强大敌人的包围圈。这正是夜色朦胧，天将破晓的时候，而营长却是这样的走进可悲的路程。

这时候他才觉悟到自己的危险。他带着残兵，惶急地尽速开到新四军驻防地的附近，找到了新四军的司令部，请求新四军司令官给他以援救。

这个营长是浙江人，一个老于战斗的硬骨汉，他个子高大，马一样的长脸孔，一对细小的眼睛蕴蓄着良善和机智。

新四军的司令官安慰他说：

"我们以游击战争的灵活的观点评价你此次胜利的突围……胜利，你注意在游击战争的观点上这胜利二字作何解释，你岂不是已经安然带回了两个连以上的兄弟吗？在那样的危险、不利的情势底下，只要你打一个错算，你这个营有立即被消灭的可能。"

"但是我的死日到了。"那浙江人说，他的声音是那样坚定而清晰，仿佛关切地、忠诚地告人以骇人听闻的消息，却不曾在上面夹带半点儿女柔弱的感情。

新四军的司令官却比他还坚定，他询问着：

"那是什么意思呢？"

友军的营长这样回答他，在他们的军队里面，到这天为止，还找不出有这样的解释胜利的"观点"，这里只存在着一味专横暴戾的无情的军纪——生是犯罪的，只有死才得到鼓励和褒奖。这是一个神圣不可侵犯的定律，整个军队的生命都依靠着他，正像天主教徒的灵魂依靠着天主。而且有了这个，就用不着什么战略、战术。军纪——以无数"死"字拼成的连坐法，这就是战略，战术。一切都是趋向着死亡。他们说，死是军人光荣的归宿地，因此军服变成了棺材，那时出发上前线，那时就是抬着自己的棺材走进坟墓。

"够了，你的话我完全了解了。"新四军的司令官说："那么你觉得应该怎么办呢？"

那浙江人的坚硬的马一样的长脸孔看不出一点表情。他说他为了从死中求生，他要求新四军的司令官将他收留，他决意从那残酷无理的连坐法逃出，重新的献出他战斗的一生。

但是新四军的司令官劝阻他，以为他是一时的神经过敏，对于一件事情过分的去发生感应，事实也许还不至于那样严重。

新四军的司令官为那可敬的浙江人拍电报给友军的总指挥部，报告这个营长的战斗遭遇，指出胜利的意义所在，希望这个电报会造成一种热烈的、幸运的空气来环护他，使他获救，然而所得到的却是可悲的回应。

那回电大意这样写：此次从下新河方面败退之敝军，承贵军代为收容，非常感谢，但该营长守土失责，有辱我军人人格，应立即把他解回来执行军纪云云。

新四军的司令官坦白地把这个回电交给那浙江人，征求他最后的意见。这时候，浙江人的坚硬的马一样的长脸微微地笑了。

"现在是我自己应该回去了。"他简单地一字一句很镇静的说："可是新四军同志所创造的新天地，却使我永远不会忘记。"

他像小学生似的谨肃地、驯服地和新四军的司令官握手，那坚硬的马一样的脸孔像一个古圣人的雕像，永远刻着那坚定、坦然的微笑的皱纹。

他于是把他的残兵带回去了。而在他回到他们的总指挥部的次日，他被执行了枪毙。

1940 年 12 月 5 日

暴风雨的一天

　　暴风雨迅急地驰过了北面高山的峰峦，用一种惊人的，巨粗的力摇撼着山腰上的岩石和树林，使它们发出绝望的呼叫，仿佛知道它将要残暴地把它们带走，越过百里外的高空，然后无情地掷落下来，教它们在无可挽救的灾难中寸寸地断裂而解体……暴风雨——它为了飞行的过于急骤而气喘，仿佛疲惫了，隐匿了，在低落的禾田和原野上面，像诡诈的蛇似的爬行着，期待失去的力的恢复，时而突然地壮大了起来，用一种无可抵御的暴力的行使中，为了胜利而发出惊叹和怒鸣，用悲哀的调子在歌赞强健、美丽的自己……。

　　暴风雨迅急地驰过了北面颤抖而失色的原野，用它的全力在袭击那为繁茂的树林所环抱的村子的四周。

　　在马松桑的屋子的近边，有一株两丈多高的松树倒下了，和地上相触而折断的丫枝带着新泥土直射的到半空里去，在半空里卷旋着，像一群鸽子似的互相追逐，然后一齐地被击落下来。暴风雨，在它无限制的力的行使中似乎还蕴蓄着不能排解的悲愤，为了胜利而发出惊叹和怒鸣，用悲哀的调子在歌赞强健、美丽的自己……。

　　马松桑的母亲，那六十多岁的老太婆用她晕濛的眼睛在注视这大自然的可怕的变动，哭泣而叹息，使自己坠入深沉的忧愁。

　　"好了！好大的风雨，不要再来了！松桑在外面要受不住了！"她喃喃地说着，颤巍巍地跪下来，又开始作着祷告：

"要是风雨再大些，松燊那孩子会不会莽撞地走回来呢？唉，我实在担心，松燊一定找不到一个藏身的地方，那么他就要被迫走回来了！菩萨可怜我吧，我屡次告诫他，他总是不听话，要壮大着胆子呵，如果风雨再大些，也不要走回来！"

马松燊今天很早就出去了。他是一个壮健、勇敢的孩子，小小的年纪，已经参加了芒山地方的农民所组成的队伍，执行着对日本侵略疯狂的残酷无情的战斗。芒山镇和这里相距不过七里多远，从那边开出的日本军随时可以出现在村人们的面前，村人们像一群兔子，随时有被猎取或击杀的危险，在这里，有三个时间表示了最高的恐怖：黄昏和清晓，这都是敌人袭击村子，捕捉农民的好机会；而最严重的是暴风雨中，当所有的人们在山谷与原野之间失去了隐身的处所，不能不缩回到自己的屋子里的时候。

暴风雨像地壳里喷出的山洪，一阵猛烈似一阵，禾苗和田野都布列着它的疾速地驰骤而过的足印。远远地，围绕在这村子四周的群山似乎互相碰触起来了，隐隐地发出痛苦，抵扼的嗓音，仿佛从千万人的嗓子里发出的歌声，为了痛苦的忍耐而使歌声突然地向高处升起，直入云霄，刚强沉毅，企图在最牢固的障碍上面发出暴烈的回应，然后停息下来，让人们用最大的虔诚在追慕这歌声的余韵，把暴风雨失去的力重新唤醒，继续它的为了胜利而发出的惊叹和怒鸣……

马松燊的屋子的墙根紧张而颤抖，近边的高大的柏树，在暴风雨的袭击中痉挛而俯伏，用它的树梢帚子似的在屋顶上拼命地作着扫动，屋顶的瓦片跟着暴风雨的飞舞而升腾了。马松燊的母亲庆幸马松燊那孩子有着在外面和暴风雨相对抗的好胆量，然而当她稍为嫩弱下来的时候，她却为了马松燊那孩子在暴风里的吹打中还不能不露身在野外这事而沉入了阴暗的幻梦……。她仿佛瞧见马松燊突然在山腰上倒下来了，为了暴风雨的暴烈的叫声过于升高，石头和马松燊的身体作着交绊，在山腰上默默无声地滚动着。她知道，在这样的情景中，马松燊的灵魂像一只失群的孤单的燕子，暴风雨要夺去它的生机，又从而无情地鞭打他，蹂躏他，教他永远地不能救出痛苦的自己……。

马松燊的母亲像一只熊，她蜷伏在灰暗的屋角里，用晕濛的眼睛凝视着从屋顶的漏隙里打下来的雨水，屋里全都潮湿了，地上的孔隙变成了无数的水池，急骤的雨水继续从屋顶喷射下来，借着天空的秽浊的光亮的照映，透明的雨点犹如那带了脆弱的火未在夜间飞散的萤虫。

……现在，松燊那孩子也许忍熬不住了！老太婆心里想：要是他这下子就走回来，怎么办呢！日本兵就要神出鬼没地开到了！他还能逃走吗？他为了修补一张凳子，在砍木头的时候冷不防把左脚的拇趾砍伤了，以后每一次逃走都要滴出血来！这样的大风雨的时候，要是还不懂得忍耐，那就糟了！

但是这当儿，她又清楚地瞧见着，这也许是真的，暴风雨重重地震撼着她的灵魂，使她坠入了更深的忧虑。马松燊在山腰上跌倒了，为了暴风雨的暴烈的声音过于升高，石头和马松燊的身体作着交绊，在山腰上默默无声地滚动着……

马松燊的母亲悲切地坚决地无视了暴风雨的袭击，从她的屋子里挣扎出来。她开始觉察了自己的愚昧。这风雨太猖狂了，这是一条暴涨而澎湃的风雨的大河，她觉察了自己刚才所作的祷告是错误的。敌军也许还没有在这时候冒着暴风雨从芒山开出的勇气，松燊那孩子应该走回家来，为着好好地防护他自己。

不久之后，马松燊的母亲的出现惊动了所有全村的人。这里全村的人们本来应该和马松燊一样离开了屋子，远避到山谷或原野里，然而他们都走回来了，为了抵不住那猛烈的暴风雨。现在他们正从各人的屋子里爬出来，带着惊异的目光，把那老太婆包围着；那老太婆像一只给击碎了筋骨的狗似的躺倒了，在一条小沟渠的旁边躺倒了，暴风雨猛烈地在她的身上鞭打着，她也不在乎。她仿佛正用了期待死亡的虔诚在寻求最后一瞬的安宁。她的衣服全湿了，银白色的头发满结着砂石和烂泥。这是一个奇迹，在所有的生物都向着自己的巢穴躲藏的暴风雨中，只有那羸弱不堪的老太婆独自出现。

哦，你们都回来了！你们都安稳地躲在自己的屋子里了！可是松燊呢？松燊没有母亲的吗？松燊是不要的吗？……你们好安稳呀！

她作着对一切的仇敌寻求报复神情，用令人颤栗的严峻的声音质问着。然而她的声音低微下来了，她的身上突然地起了可怕的变动，她脓白色的双眼，睁得又圆又大，对那疯狂了的紫黑色的天空紧紧地凝视着。人们骚乱起来了，他们把老太婆的尸身搁开不管，在暴风雨的鞭打中。为着寻回失去的马松燊而动员了他们的全体。

暴风雨继续不停地用它的巨粗而惊人的力震撼着大地。他们寻遍了山谷，田野，树林，他们终于发见了，那马松燊，壮健、勇敢的孩子，今日正担任了南路的哨位，一点也不错，他绝不曾在山腰上跌倒下来，还是壮健地、勇敢地在活着，在村子的南面，在一个高耸的阴绿色的小丘的巅峰上，马松燊的黑灰色的影子像一块插在田塍上的小小的界石，在暴风雨的侵袭中屹然不动地站立着，时而在迅急地掠过的烟云中隐没了，时而全身毕现，把他无视暴风雨的短小的雄姿泰然地完全显露……。

1937 年 10 月 12 日，济南

火　灾

　　六月十月收租的时候，为着勘对租簿，登记，或者争论一些别的什么，许多毛脚毛手的田佃们走进这里来呼吸一下子，是可以的，不过，可不要让污秽的脚踏脏了地砖，不要用粗硬的手去触摸那——不管是在墙壁上挂着，抑或在台面上放置着的一切，而最要紧的是，不要忘记了这是一间雅静的"小书斋"[1]，是专为着接待客人们用的！

　　这地方有些潮湿，屡次粉抹过的白墙壁上，正浮现了许多黑灰色的斑点，——但看一看那红色而洁净的地砖吧！单这洁净，就不是这村子中穷人家的屋子里所有的了，……就是那墙壁，也不怕它已经旧了些，老主人爱惜着它，宝贵着它，非有正当的用场，如悬挂四联，镜框和挂画之类，是不会把铁钉子随便钉上的，错钉了一根铁钉子——把它拔掉而遗留下来的小洞孔，是半个也没有。后壁上，有一幅油光面的洋画，不管好坏，但在罗冈村一带的地方，就少有了！这洋画，绘的是滨海地方惯常所能望见的——错落地排列着蓝的山，黑的石的近海的海面，恰好又是一条小河的出口，沿岸荒芜地长着比人还要高的长蔓，海和这长蔓接近，就变成了池沼一样的寂静而且驯服，天上散布着白边的云卷，太阳晶亮地照着每一个角落，——就在这个正午时分的空穆无声的场面

────────────

[1] 小书斋：供主人消闲遣兴或者接待客人的地方。

里，有三个外洋的猎者，打着不同的勇猛可爱的装束，用了最精警最确当的姿势，在阳光下闪耀着发火的枪尖，也不顾那小小的艇儿快要颠覆，正拼命地和六条巨大可怖的鳄鱼作着惊天动地的战斗。这画框上的玻璃大概每隔好几天总要由那老头子经手揩抹一次，很明亮，里面的画纸也要极力地保存得像新近一两天方才张挂起来的一样。洋画的两边是一副宣纸的对联，用了匀称地颤动着的手腕，在每个字的"落"或"拖"处拼命地使用气力，那是企图着要在这上面表现出执笔者的厚重的俸禄和寿数那一类的吧。文雅一点的客人们一到这里，必然地要舍弃了别的一切，把所有的注意力都集中在对于这些字的书法的探究上，发挥了各人的宏论，以至说明了自己是有着怎样清高的志趣以及比别人不同的胸怀等等……靠着后墙，是一张朱红色并且有着金黄色的浮花纹的长台子，因为乡中春秋祭祀的仪仗是由那耆年硕德的老头子主持，所有仪仗中的用物都由他一家保管，老头子从那些用物中取出了一套，当为贵重的摆设物一样，摆设在那长台子的上面，这就是锡制的所谓"贡器"。两边各摆列着四张朱红色的四方木椅。靠左，有一张新式床铺，是从香港裙带路买回来的，油着黄色，很怪异，——总之在乡下，这些都是不常看见的东西。平时到这里来的客人，在邻里乡党中，大概都是有了地位的，他们之中，一些来自别处的——比其他的客人更有意义的人物也有；并且，在梅冷镇里送信的邮差，也是常到这边来的呢！

说到那邮差，那真是有趣得很。邮差送来的信，那封面大概总是这样写着，"海隆梅冷镇东都约罗冈村福禄轩交陈浩然家父安启"。接信的常常就是那位六十岁光景的老头子——他很康健，头发白得洁净，像银丝一样；面孔肥胖；似乎刚才是喝过了酒，满面的红光，也没有带拐杖，——穿着白葛的长袍子，身边冲出了一只黄褐色的狗，又高大又强壮，面部倒凶得很，不过当守门的就是凶一点也不要紧，也很有些城市的气概，只是牙缝里呀呀的叫了一阵，不怎么吠。——这一天，那真是凑巧极了，福禄轩里正有许多客人在坐着。老头子应酬那些客人们，正当情意茏葱，非常融洽的当儿，忽然受了那邮差的粗率的叱问声所骚扰，满座都几乎惊慌起来，像一巢黄蜂似的，嗡嗡的响。老头子出来了，站在门口，他的背后连二接三，正排列着不少的人头。

这邮差，穿的是平常人穿的衣服，戴的是平常人戴的帽子，只有腰边挂着的大皮包写着黄色的"邮政"二字。他的个子很高，却并不驼背，也不怎么瘦；意外的是面孔很清秀而且白净，也许因为还没有胡子的关系。似乎是一个什么商店里的买手，当邮差并不是他的正业。他就是在这邮差的职务上毫不顾忌地或者用恫吓，或者用轻蔑——这样做了一点开罪别人的事也可以说不关重要，反正他就是丢了这个职务不干，也有办法养得活一家的妻子。不过他的声音虽然很粗率，因而也显得有点强暴，而他的态度却倒也很温和，而且很朴素。他脱下了草帽子，用手巾擦去了里面的水蒸气，牙缝里像螃蟹似的嘶嘶地喷出了小小的白沫而且发响，仿佛在叫着，——热呀热呀似的，他掏出了那封预备要投交的信，看一看那低得几乎要和头额相碰的"福禄轩"的黄底蓝字的匾额，笑了笑把信交在那老头子的手里。老头子接了信了。这刚才叫人冷不防吓了一跳的奇奇突突的事正有了段落，心里预备着接了这信以后又怎样的事，暗暗地呼出了轻松的一长气。不想那邮差的面孔突然变了色，像一个不懂信义的小孩子似的，一忽儿就反悔起来。

——且慢！且慢！他发出粗率而且强暴的声音，似乎说明着现在把这信交出去并不是他的本意。那末又怎么办呢？原来他是要把那封信讨回了来，因为有什么东西忘记了看。

没有问题，老头子无条件地把信交还给他。他拿了这封信，像着了魔似的，一味儿只管在信封下边的左角上看，情形非常的严重，几乎是一道命令，迫得他非低首下心地接受了下来不可的样子。——

——国，民，革，命，军，……他一面目不转睛地看着，一面郑重地一个字一个字的念下去；第，×，军，第，×，师，第，×，旅……底下还署着"陈国宣"三个墨笔字。

于是稳顿着站立的势子，倾侧着头，双眼凝望着远远的天边，带着仰慕的调子向老头子发问，这陈国宣先生大约就是你老人家的公子吧？

这声音似乎特别来得生疏，很不好懂。老头子的耳朵觉得很吃力，但是毕竟已经听了出来，于是情形由严重而进入了忙乱，——老头子拱着双手，对着那邮差又鞠躬又点头。

——是，……是！……先生！

在极短的时间中保持着严肃的静默。

邮差把信再又交给了老头子之后，——好了，这严重，这忙乱，一切都安适地弛缓下来了。

——哈哈哈……

——哈哈哈……

——哈哈哈……

起初还夹带着鼻音，后来是开着嘴巴大笑了，这笑声一下子变成了强烈而且洪大，声浪澎湃地从邮差那边涌进了福禄轩的里面，又从里面澎湃地涌了出来。

如今在座的，一位是隔邻不远的将军山村——在族谱上同一根源的宗兄弟，陈大鹏。他跛了一只脚，残废了，作了单身的光棍，本来是一个不入正轨的家伙，但是有着令人畏惧的特点，他的身子结实，面孔清秀，额角高高地，一副眼睛是生得尤其锐敏，而态度却凶恶极了。他的气量很小，胸怀狭窄得简直是在起着磨擦的作用，喜欢无的放矢，几乎时时刻刻把自己陷入了孤军苦斗的局面，战死了，试问到底他遇到的敌人有多少，那恐怕是半个也没有！有时候他似乎自己正也切求着在这严重的战地里解脱下来，歇息一下子，常常变得和颜悦色，低首下心地向人家表白出自己所暗怀着的意见到底是什么，但是结果却把藏在心里的一点刚锐的气魄也干干净净的荡散了，更引起了一种紧张的几乎变成了痉挛的忿恨，因之他的身子一天天的敛收下来，到了四十多岁，比一个六七岁的小孩子还要矮些，——不过那"无的"的"矢"还要放，孤军苦斗的局面陷得比前还要深，他也许知道这下子正和紧急的关头相距不远，多一声言笑，多一分晦气，还不如不声不响的好些。所以当那屋子里的人们，看到那邮差对这陈姓的家门表示惊异的神情，——为着要对那有福分的老头子表示祝贺，正在张大着嘴巴，摇荡着脖子哈哈大笑的当儿，这就要请求大家的原恕了：他一生的确失去了所有的笑的机缘，——不过，这满屋子的莫名其妙的笑声还是澎湃地持续下来；为着不得已要把这不利的场合敷衍一下，他没有什么，只是对大家点点头而已。

隔了一会，笑声慢慢的静息下来，又加上了咳嗽，清嗓子以及吐痰等等的声音。直到情形确实地恢复了原状，那邮差也走远了。老头子这才请所有的客人们按次就坐，并且盛意地给他们各都斟了一杯茶。

——是的，万万不能迟误，应该立刻就预备好……

发言的是这里罗冈村本村的地保陈百川，他说话的摇头摆脑，妄自尊大的态度，显然是对陈浩然那老头子取着抗拒或者争执的不以为然的气势，不过他已经突然的沉默了，……而另一边，却显得对那老头子的一举一动都体贴入微，当了人家的臣仆似的作着忸忸怩怩的怪样子，低声地对着坐在他旁边的一个说，

——这老人家的眼力实在不坏呀，不用戴眼镜，却看起信来了！

老头子当着众人的面前，把信开了，他的红色的面孔呈着微笑，鼻子里嗡嗡的作响，还在暗暗地点着头，——信里究竟写的什么，这个秘密恐怕无论如何都不能加以想象的吧？——忽然他又抬起头来这样说，

——喔，不错，依你们诸位的意见是怎样的呀？

这又和信里所写的并没有半点关系，已经是回到刚才大家所谈论的那件事的上面去了，——刚才所谈论的是在今年的清明节中，罗冈村陈姓的这一族，如何预备着到他们的一世祖的坟地去举行大祭扫的事，——不然就是因为他的心情兴奋得很，以为别的人们还是在那大祭扫的题目上大发议论，而他的儿子在信上所说的——怎样叫他自己也不能不深深地叹服的话，对于他们，恐怕还是一无所知的呢！——

他于是把儿子的信又展开来看了一遍，一字一句的看下去，把大祭扫的事也暂时搁开不管，到了紧要的地方，就不自觉地摇头摆脑地念出来。

——儿以年少从军，荷蒙长官垂爱，于月之二十日，升任中尉书记之职……喔，你看，他独自个叫了出来；现在就……又高升啦！这时候的声音还很低，——人生在世，营营而生，草草而死，得而患失，本非所有，失而虑得，于我独无，故以为路道之不可不修，而桥梁之不可不造也！这时候，声音就非常响亮了，他感动得跳了起来，——唉，这孩子，你看，他说的话是这样好……这样……和我的心意一无二样。……

这边的陈大鹏突然从静默中暗自紧张起来，正想对于这样的议论有所策应，而地保陈百川却已经抢着说，

——国宣哥我顶知道了，那一次是什么日子呀？他和我两人在同安居喝酒，那时候他还是一个小孩子，有这么高，一副眼睛委实生得利害，像猴子一样，现在听说他们的军队住在宾隆，是吗？从省城到宾隆，有七日的水路，还要经过上杭，武中；韩江口的水实在是顶急的啦！……

——什么？韩江口的水？老头子突然觉得自己的高深优美的思维受了骚扰，不耐烦地皱起了眉头；喔，你懂得什么？一件事要是让你懂得，那就糟了！我几时看见你的儿子，——哼，不说还好，说起来教我头痛！——你对他一点教育也没有！他也不对我点头，还在背后骂我，说我分给他的钱太少了，那真是岂有此理！我和他买了一只鸟，——又是他自己问我要鸟不要，我叫他把鸟拿来吧！他说，那是多得很；其实他手里哪里有什么鸟，还不曾到树林里去捉啦！一到树林里去，不晓得捣坏了多少鸟巢，并且把鸟蛋也带回来，问我要不要买他的鸟蛋，混帐，难道我是一个无赖汉，动辄就吃这吃那的吗！那末我分给他六个铜板，买了那只鸟，立刻放了它，我一手就不知放过了多少只了，而他从此以后却更加残暴起来，把前后左右的鸟种都灭尽了，现在还有一只斑鸠，会在屋顶上哈咕哈咕的啼着的吗？我就再也听不见！还有土金的儿子阿庚，唉，这孩子简直坏透了！你道怎么样，——有一天，我看他捉了一只乌龟，故意要带到我的面前来啦！——叫我看，我说，这乌龟的寿命长得很，何苦把它杀掉，劝他卖给我，这样分给了他一个角子，又把那乌龟放掉。不想第二天还没有吃早饭，他突然竟一连带了三只来了！这

样我分给他六个角子，每只提高了一倍的价钱，又劝他学学好心，要是我手头有《地母经》，我还要送一本《地母经》给他，教他念念。不想刚刚到了这天的中午，他带来了五只，——我简直没有法子，只好分给他一块的价钱，心里实在不好过，我对他说，这银子要是拿去买衣服穿，这衣服是要自己着起火来的呀！还有阿兴的儿子，他比较有点傻气，什么都捉不到，却捉到了一条蛇，——想想看，要把这条蛇杀死，我又不忍，不然又恐怕留了它害人，这样分给他六个铜板，叫他把蛇带到远远的地方去，——但是下一次，他又有一条蛇捉来了，那是一条顶毒的饭匙蛇，……

——要是我得到了一条蛇，那就好了！地保有意捉弄似的说；我要把它剥皮，去骨，用几粒米合着它一起烧，如果米变了黑，这蛇就真的有毒了，不然米还是白的呢，那就要快些给它加了一点"欠实"[1]上去！

——百川兄，你吃过老鼠没有？另一个又是坐在他的身边的这样说。

——老鼠是比蛇还要好的货色，不过杀的时候要小心一点，它的大腿里面有一粒蓝色的胆，如果这胆不摘开，你就最好不要吃它！

对于那老头子，这些关于蛇和老鼠的吃法的问答，简直是刺耳得很，——没有法子，只好暗暗地断定这些人，如果他们也希望自己的后代发达的话，那就再修行十世，恐怕也没有一个会达到他的儿子国宣那样的地位！

他把手里的信折起来藏好之后，对了，凡事不要多嘴，什么都不必说，因之他只能够切切实实地和他们共同决定了大祭扫的日期，以及应该及早预备的许多零零碎碎的事情，而他的儿子在信上所说的话，却还是深深地使他叹服着，——从此以后，他的身体会更加康健精神，会更加爽快，那末有什么可以挂虑的呢，——他应该一心一意的去多做一点好事，而况世事反复，年情不好，正也希望有钱有势的人们时时发些慈悲，多施一点恩惠！

---

[1] 欠实：一种中药名。

二月十九日，是决定了的到他们一世祖的墓地举行大扫祭的日子。罗冈村以及隔邻将军山姓陈的一共有七十多户，各户看所有的丁口多少，决定参加大祭扫的人数，大约每五人占两人，不过也不怎么严格，多去一两个人，或者在路上顺便把自己的亲戚也带着一同走，是没有人会来干涉的，而且无论老少男女都可以。这样的大祭扫，大约每隔十年才有一次，可以说是一个最快乐的大节日，全族的人要特别在这个大节日热闹一阵，是不足为奇的；为着要使这个大节日在形式上来得堂皇一点，并且利用这堂皇的形式在他们的祖先的墓前表现出这后世子孙所有的荣贵和光耀，梅冷镇归丰林的田主爷爷们，至少也得请他们一两位到来参加，还有隔邻水溜口乡——陈国让（正是陈浩然的大儿子）所主持的国民学校的学生，恰好在最近编成了童子军，童子军的制服、棍子、麻绳、小斧、营幕以及军号、军旗等等都已经购置齐全，一共有一百二十五名左右。陈浩然那老头子当日在筹备这大祭扫的会议上，就曾经对大家提议过，

——如果我们能够请童子军也来参加，那是好极了！一路上，童子军穿着一律的制服，吹着喇叭，扛着大旗，由俺的国让带领着，走在我们这一大群人的前头，那岂不是要把沿路一带的居民都惊住了吗！

他这个提议立刻得了大家的赞同，——水溜口虽然和这里相距很近，不过因为那墓地太远，队伍不能不早点出发的缘故，童子军由校长——同时也是童子军的大队长——陈国让带领着，昨天下午就预先到了这里，并且张起营幕来，在村子南面的草埔上宿营。这里那里闪烁着他们勇猛可爱的黄色的影子，到处听见他们的令人快活的喇叭声，每当他们的队长走过的时候，两边都噫噫噢噢的举军礼，——草埔上，一处处张挂着的尖尖的营幕，当夕阳西照，金光满地的当儿，拖着长长的黑影，染着半边美丽而威武的赭褐色。这是罗冈村从古至今未有的奇景，真的要使罗冈村的整个的容貌都变改了呢！

梅冷镇归丰林的绅士们，据说因为有了别的事，都不能来，只有陈国宣的岳父林昆湖先生，平素爱看风水，又喜欢黄沙约一带的山地的景

物，同时因为和罗冈村的人特别有来往些，没有什么拘执。陈浩然那老头子特地去请他，他也是在昨天下午就到这里来了。老头子把许多的事情都交给别人去管，和他的大儿子国让，四儿子国垂[1]，五儿子国栋，带着林老师在村子里较为宽阔的地方散步，在族人的肃然敬畏的眼光中，以及在童子军的无限止的敬礼中，东指西划的高谈阔论着，——

第二天一早，东边只露出了微亮，金黄色的星儿还在碧空里闪耀着，童子军的喇叭用着热烈而可喜的声音响彻了雾气笼罩着的旷野。接着，这里那里发现了宰猪宰羊的声音，而所有各家的窗口或门板的缝隙里，都露出了温暖的灯光，为着要把全副的精力都应付在这宝贵的节日上面，他们已经很早就从床铺里爬起来了。

这其间，碧空里的星儿渐渐的褪了色，东方的天上正也渐渐的呈现出壮丽的赭红，交谈着的人可以清楚地看出对方的面孔。——西边，小鹿耳山的半腰上横挂着一幅纯净无疵的白云，而南面近海一带的山峦，因为过于遥远，看不出它们的轮廓，还隐潜在那幻梦一样的浓白色的气体中。但是这四边的景物都在急速不断地变化着，——一会儿，在福禄轩和陈浩然的正屋相接的大灰町上，已经涌现出了一大堆的纷乱杂遝的人影，那数不清的人头，在晨风的凉快的吹拂中，起着活跃的波涛，还夹带着因为过于勤敏，用力的缘故而各自扼制得很低很低的声音。出栏的牛，不像平日一样，不大去理会了，至多也不过撒一点禾秆子给它吃，或者用一条"牛镣子"把它钉实在附近的草埔上，要告诉它说，小主人今日不能在这里奉陪你了！它们都干着喉咙，发出沙哑的声音在互相呼唤着，好几只狗似乎也懂得了今天的日子的不平常，在人堆里缠夹不清的追逐着，戏玩着，——到了太阳上山的时候，不但所有的一切都准备妥当，而且早饭也已经用过，那末是可以出发的时候了。

散布在村子南面的草埔上的童子军，很早就拆卸了所有张挂着的营幕，遇到吃饭，集合等事都应用起喇叭来，喇叭声到处的充溢着，——

---

[1] 四儿子国垂：下文又说国垂是二儿子，编者疑此处应为二儿子。

正当七点的时候，队伍已经从东边的路口向北出动，童子军由大队长带领着，走在行列的前头，红色的军旗在南风里飘扬着，所有的金属物在初升的旭日的追射中，反射出荣耀而刺目的光芒；悠扬的军乐声荡过广阔的田野，在山谷那边遥远地起着回应。无数的小孩子们也不顾行列的次序，散布在两边的路旁，以能和童子军挨挨身子为荣似的，在童子军的队伍中夹杂着走，后面接着来的原是猪、羊、鹅、鸭以及所有的祭席，但是那些空手的——也不管事也不抬祭席的人们，已经拥上了祭席的前头；祭席有三十多台，后面还有十多担从外面不能看得清楚的物品，以及临时应用的器具等等在接连着，又请了两个"吹班"，沿路一个打小皮鼓，一个吹笛儿，——押尾的就是那三顶蓝布轿子了。坐轿的是林老师和陈浩然，还有陈大鹏那坏脾气的跛子。行列中并且有许多狗也跟着走。

这行列离开了村子不远，从一处密布着低矮的灌木丛，而蔓草则长得比那灌木丛还要高——镇日里闹蛇闹蛙的低地里，过了小溪流的石桥子，向东北爬上了那黄色泥土的山坡，于是就和那到梅冷镇投市去的黄沙约一带的居民的行列迎头相冲了。

——兵！兵！……

——学堂里的学生军！

——从哪里来的呀？

黄沙约的居民们，虽然强悍而且好斗，不过只差一点见识比别人低，脑子比别人淤塞，每一个的肩上又给沉重的担子压着，在猛烈的阳光下，愚蠢地一无所知地皱着眉头，卷着上下唇，张大着嘴巴，露出了牙齿，不能不呆住了，让开了路，走出了路的两边，像碰见了归丰林的田主爷爷们骑着的马一样，不过不能任意散布在罗冈村人所有的田圃上，更休说让脚跟踏进了罗冈村人的麦田里，因为，要仔细的看呀！罗冈村人现在出尽了所有的老少男女，和那"学生军"的行列密密相接，他们穿着新的衣服，扇着扇子，在路上嬉嬉地笑着走。黄沙约的"山民"们当心些吧！平常在这狭窄的路上一碰见了归丰林的马，你们对归丰林的白绉绉的少爷们不能直接泄忿，却迁怒在路边的田圃上，不顾那麦的碧绿的嫩芽正在慢慢的滋长着，在上面任意践踏，习为惯例，现在可就不行了！罗冈村人有权力干涉你们，要不是驯服地直着担子在路边站定着——因为路是要让，而田圃是再也不能践踏的了——那末举起眼来看吧，那里不是正有一个黄沙约的山民，粗野地给按在路上敲打了吗？

童子军的旗顺着南风的势子招展着，而且泼啦泼啦的响，有时候翘起一个角子，有时候竟至全部卷成一团，但是一忽儿又招展起来了，而且又泼啦泼啦的响起来了，——这旗子，象征着这些少年人们一个个的天真活泼的灵魂，他们几乎要歌唱起来，在这条路上荣耀地目空一切地跳跃着前进，——这条路毕竟是绕着山边走，有时候虽则不免突然的低凹下去，但是有时候却简直比所有的一切都来得高些，童子军的行列在这高高的山腰上横挂着，闪闪烁烁，像一条纯金的链子，上面还饰着珍贵的玉珥，不要说是沿途一带的居民，就是从最远的地方也可以望见了，而那喇叭，它的热烈而可喜的声音现在就变了，变成了远自外地买回来的高价的皮鞭似的，一声声，鞭打着四近的田野，鞭打着远近的山阜，仿佛还严厉地威吓着，再不许从任何处所发出回声！

大约走了二十多里远的样子，行列前进的方向改变了，不是朝着正北，已经朝着西北角岔开去，沿着那澎湃地奔泻着的溪流——黄沙溪的岸畔走，在那荫翳的林子里，路径是变成狭小了，并且蜿蜒地曲折起来，苦竹儿的绿叶揉拂着头额，脚底下则无怜惜地把那些繁茂地掩没了路石的含羞草践踏得忍辱无声地东翻西倒，——每逢在一个村庄的旁边经过的时候，起初听见了一阵狂烈的狗吠，接着是在秃脱了青草——白天里为牲口所栖息的小树丛下的黄土堆那边，露出了好几个黄的——甚至有比从树枝上落下来的黄叶子更黄的人面孔，羞涩地怩怩地眿着那脓白色的双眼，再走近一些，就可以看到好几个患黄疸病，或者疟疾，或者橡皮脚的整日里赋闲在家里的汉子，以及一些金丝颈，大肚皮，两只小小的睾丸铜铃般动荡着，或者露出了小小的女生殖器的孩子们。

童子军还是第一遭跑长路，他们都觉得有点乏力，几乎要偃旗，而鼓则早已息了，现在正在深绿的浓荫下停歇下来，——大队长的面孔本来是青白中泛着壮年人的红色，现在则变成了紫蓝，一讲究起姿势来，他的胸部尽可以张得和雄鸡一样的挺，要是可以随便的放松一下子，则简直要像火油罐的薄薄的白铁皮一样，卡啦的一响，雄鸡般挺着的胸部反过去，背脊像打一个括弧似的弯弯地一拱，马上就要变成一个驼子了。现在他在一个四方石的上面坐着，像一条泥虫在抗拒着敌人的时候一样，把长长的身体卷成一堆，一味儿只管咳嗽，也没有心机去呼吸那流荡在溪边与绿树之间的最新鲜的空气。队员们说话谈笑也似乎都不大起劲，只是默默地有的在树丛里小便，有的临着溪边用手帕子洗脸，而那溪水的澎湃奔腾的声音，似乎又一阵比一阵来得高涨，几乎要掩没了这疲乏的行列所有的呼吸和喘息的声音。

那些原来和童子军参杂在一起走的小孩子和闲人们，除了小孩子还在接拢着之外，有许多已经落后了，现在正在断断续续的赶了上来，抬祭席的和扛轿子的恐怕还离得更远，因为小路径是逶迤地在树林里流窜着走，一拐了弯，就是登上别处的高坡上去了望也望不见。这的确因为童子军过于不懂得爱惜精力，一开步就乘风破浪，浩浩荡荡的走，以致把后面的行列扯得七零八落，若断若续，而他们自己正也有些不好过，像山涧里的流水似的，涨得快也退得快，不过他们毕竟是一群元气充足，精神活泼的小孩子，只要歇息了一会，一切又很快地恢复了常态了。他们自动的归了队，弄得那把身体卷曲着打瞌睡的大队长也不好意思不跟着站起来，把手里在路上随便拾得的绿枝子一挥，省得了叫一声"开步走"，因为溪里的水声太高，奏起军乐来也不会有什么精彩，所以喇叭暂时决定不吹，铜鼓暂时不打，只将两把军旗子扛着走就是，但是这在那些从林子里爬出来的山民们看来，已经是多够味儿的情景呵！

行列现在从一处高高的斜坡上奔驰下来了，童子军在这辽远的长途中尽了他们最后的一分勇猛，向着他们的目的地飞奔直进，——这里东、北、西三方都有些高低不等的小山阜在环围着，沿着山麓一带，打一个半弧形，是一线藓苔般的黝绿的树林，间或有一些烂疮口似的赤烂烂的小屋子在参合着，无声息地像一片荒凉的坟场，小山阜的后面，小鹿耳的巍峨高耸的群峰在排列着，天上则蔚蓝一片，看不见一点微云，至于南面，虽然有些比较高起的田亩或小树林在作着阻梗，但是站在这里，朝南而望，总可以说是居高临下，连那远远的滨海一带的山峦也可以隐约地望见，——有一条小小的流泉，不晓得发源于什么处所，从北面玲玲瑯瑯地跳跃而来，在田亩的旁边通过的时候，特别发散了一阵阴冷的寒气，把田里的泥浆冻成了一些冰水，使插植着的禾苗，在脚胫上生起了红色的茸毛来，以至慢慢的枯死。葫芦草看看得了机会，在田径上抖擞着精神，毫不客气地，把壮健的横根伸展到田里去，而且普遍地布满了，到处的挺起了利剑般的尖叶子，犹如战胜军在所获的土地上强横地插起来的旗帜，——那小小的流泉到了这里就再也不明白它的去向，看来也确实有些险毒，从远远的地方特地跑到这里来，把所有的禾田肆意地残害了之后，就隐潜了自己的行踪，不再令人知道。而这些禾苗的主人们为什么不到这里来为他们的被难者伸雪一声？恐怕正也成了自顾不暇的"白虾"[1]——听说这里山野一带的瘴气非常利害，忽而全家数口子都死得干干净净，外面的人谁会去过问，也不是只有天知道！和这些被残害了的禾苗相连接，有一幅稍为高起的草原，长着又高又繁茂的红脚草，草皮里满撒着泥泞未干的蚯蚓的泥卷，——有一架从久远的年代遗留下来，重修了又重修的白坟子，在这草原的南边的一端，像小孩子捉迷藏似的不声不响的躲着，这就是他们陈姓的祖宗的长眠地了。

陈浩然那老头子从轿子里爬出来了，前面的轿夫把轿篙子放下来，后面的那个却拼命地把轿篙子顶得很高，使轿身向前面倾斜着，似乎是把那老头子倒了出来的一样。接着是林昆湖老师，再后就是陈大鹏那跛子了。老头子刚刚跨出了轿篙子，正想要找一个人来询问一声什么，却突然碰见了地保陈百川，于是什么也不想询问了，只叫陈百川到他所坐的轿子里把罗经盘拿出来，——陈百川，老头子，林老师，陈大鹏跛子，

---

[1] 白虾：广东地区的俚语中有"白虾顾身不暇"这句话，意思是照顾自己还恐怕来不及，没有精力再照顾别人了。

以及驼着背，再也不能把胸部挺起来的大队长。当然老头子和林老师则常常居在正中，几个人莫名其妙地互相簇拥着，到前后左右去勘察去了。许久之后，才聚集在那白坟子背脊的正中上面，——老头子安一安罗经盘，匆促地还没有把指南针弄对子午，就忽然发现了大不了的什么似的，随后从人堆里指出一个人来，对他命令着说：

——你把那边的锄子拿来吧！

这边的林老师看看老头子不十分管得了那罗经盘的样子，把罗经盘接了过来，对准着一看，嘴里念着"癸山丁兼子午"，大队长因为觉得有点无聊，只好拔了一条红脚草在手里玩弄着。陈大鹏精警地睒着那薄薄的敏慧的眼皮，看看林老师手里的罗经盘，又看看大队长手里的红脚草，视线于是停在大队长的半青紫的脸上，作着暧昧不明——然而绝对善意的微笑，仿佛趁着神不知鬼不觉的当儿，自己的身上多吃了一点亏也好，只要肯让他从那严重的战阵里解脱下来，那末什么都可以无条件答应的一样。而陈百川则因为土地爷那边的红脚草，不知怎样，忽然着了火，自己脱离出去，到土地爷那边去救火去了，又因为草原上每一个角落里都站满了人；老头子，林老师，陈大鹏，陈百川，大队长陈国让等等这几位顶要紧的人物，究竟有常常互相簇拥着或者站在一起没有，那简直也就无从判别了。

这样沉郁地混沌了好一会之后，这才慢慢的从中找出了一点端倪，纷乱嘈杂的人们似乎现在就已经找定了一个适当的立足地点，再也不像刚才的乱碰乱撞，三十余台的祭席摆上了祭台的前面，祭祀就开始了。

陈浩然做主祭，他的第二儿子国垂诵读祭文，林老师则在旁唱礼。

——起——鼓——

——冬冬冬冬……小皮鼓轻佻地打了好几下。

——动——乐——

——喉嘟咈喉嘟咈……又吹了好几声潇洒的笛儿。

——华——引——

——硼！——硼！——把凶暴的火炮也燃起来了。

在这严肃的空气中，许多人被强迫着死板板地在听，死板板地在做，连那林老师唱礼的声音也死板板地，仿佛不是从一个人的嘴里发出的一样。

在祭席的两旁紧紧地拥挤着的人们，突然地起了一种骚动，严肃静默的空气里这边那边，迸出了一些急激简短，并且因为恐怕扰乱秩序的缘故而扼制得很低很低的声音。但是乱子的根源似乎并不在这里，总之，这里所起的变化是迅急得很，那急激简短的声音一下子静下来了，却并不是说乱子已经终止。因为接着而起的是一种繁杂的简直无从臆测的更可虑的声音，这声音并且在这边那边的蔓延起来，像一条诡谲的蛇，在最难窥破的地底里不停地流窜着。

——今天实在热闹得很，恐怕已经有两千人左右了。

——你做梦！我们就是把罗冈村和将军山两村的人合在一起也没有多少！

——为什么看起来这样多，……我就有点不相信，这里，那边，呵，这一幅草埔都装满了，两里内的小山上也站满了人，……怎么样——那边的童子军在喊，……

——不得了，不得了！童子军和那里的一堆人作起战来了！

——快些，到那边去看一看呀！

——去看一看……

祭台那边的严肃的空气，经过了这些无从扼制的声浪一次两次的侵蚀，至少褪了色，恐怕还要紧紧的收缩起来，最终是给那高涨的声浪来了一个总的否定，好几位绅士们正如蚂蚁受了水的包围，现在连最后所据守的这一点干地也终于落陷了。那嘈杂的高涨得可怕的声浪把他们冲激起来，要使他们也不能自主地随着那高高的浪头到处漂浮，……

——这是什么乱子呀？老头子匆匆地把祭祀的节目结束下来，急得敏起了眉头。

——我看一看去！地保陈百川自告奋勇。

他于是摆动着双手，在那厚厚的人堆里打开了一条路，他的耳朵又精警，双眼又晶明，还不曾冲出重围，就已经把一切的情况清楚地加以判定——

原来是，俗语说，人变地变！不知那一处所发生了饥馑的灾荒，现在是漫山遍野地爬出了这么多的凶狠狠的灾民，他们半点也不知羞耻，瞪着贪馋的锐眼，张开着嘴巴，滴着涎沫，还带着布袋笋篮之类，胆敢向着这神圣庄严的祭礼企图掠夺，实行包围，……

——你们把这些土匪们都捉来吧！把这些土匪们！

地保陈百川用脚跟沉重地喘着泥土，涨着面孔，在那里狂暴地直跳起来。

——捉呀！把这些土匪们都捉来吧！土匪们！

——把这些土匪们！土匪们！

——捉呀！……

像在麦田里起了一阵飓风似的，密密地挤着的人头，各都为一种愚蠢的直觉所指使，发疯了似的乱碰乱撞，又毫无自主地东歪西倒起来，几乎自相践踏了。

——把这些土匪们……

——土匪们……

——……

人堆里的声浪更加汹涌起来了。现在，人和人的紧贴着的冲突已经弛缓了一些，腿子臂膊，这些交织着的，轧砾着的，都已经松解了，等到每人平均所占已经有两尺以上的空地的时候，他们的眼睛可以察看，脑子可以运用，耳朵也聪敏了好一些，于是形成了大体上已经一致的动向，朝着山阜上的灾民这边冲了过来，——灾民们似乎并不怎么反抗，愿意俯首就擒，除了女人和孩子们悲惨地失声地在号哭，表示了他们的恐慌之外，其余一些较为坚定的汉子们，对于这个袭击就表示了坦然的态度。因为他们有许许多多的事情要向别的人们诉说，即使这诉说是完全无效的吧，——他们所要的不过是吃剩下来的东西，当然这已经是卑贱到极点了，然而他们要活呵！而所要求于人者只不过一点点！

他们软弱地，废弛地忍受这汹涌的波涛的来袭，有一个瘦小，赤色的臂膊晶亮地在太阳光里刺目地起着反射的汉子，给四个人用钵子般大的拳头乱揍着，同时有一个小孩子给殴打得额角青肿，鼻子出血，还有一个瘦骨落肉的高个子在六七个人的围攻之下好像一口布袋给人扯着在那里装麦子似的幻梦地喘息着，——为这些情形所激动的一些汉子，他们强健起来了，胆壮起来了，有三个汉子合在一起，把一个罗冈村人围攻下来，他们青着脸孔，露着牙齿，用力的臂膊索索地在抖动着，——另外，一个女人，发出尖锐的声音，披散着头发，把背脊扼制得低低地，正和一个罗冈村人作着坚强不屈的苦斗，……但罗冈村人像一个浪头逐过一个浪头似的加上来了，他们热烈地鼓噪着，一个个渗进了灾民的队伍里，他们居高临下，仿佛在执行着一种惩罚似的，理直气壮地打击着任何一个灾民。灾民们有一半倒下了，给践踏在脚底下，许多破烂的衣物，箩子和竹筐，给抛到半空里去，女人紧紧地抱着自己的孩子在那满铺着三角石的山地上乱滚。孩子的大大的头系在那小小的颈上，恰如大大的瓜系在小小的藤上似的，在女人的身边倒挂着，动荡着，——这边那边，童子军用着木棍子，早就给卷进了这战斗的漩涡里，而跟着来的狗们，论起战斗力来，还要比童子军来得强些，……

陈浩然那老头子不知什么时候离开了祭台那边，给人堆里的漩涡儿卷到水田边来，他哭丧着脸，挥着手，力竭声嘶地在叫着：

——妈……孖……

——致……和……

妈孖和致和是他的两个轿夫的名字，他叫他们赶快把轿子弄好，立即就回转到罗冈村去，——

——我们今天是大大的失策了，你知道吗？

老头子有意耸人听闻似的说。

——今天有什么呀？地保陈百川回答。

老头子沉默了好一会，对小鹿耳的高深莫测的大山脉环顾了一下，——这大山脉向来是山贼的巢穴，是谁都知道的……

老头子简直铁青了脸，战抖着嗓子说，

——我们必须立刻就走呵！——

——我们不在老祖的坟前吃席吗？

——混帐！你始终不说，这大祭礼必得在我们罗冈村的祠堂里举行才对！才稳当！我要把今天的席延迟到晚上才开，你将怎么办？

这时候，林老师和陈大鹏都已经恍悟过来了，大家暗自地点着头。

——对的呀！……

老头子的轿子最先回到村子里来了，他匆匆地跨出了轿篙子，把许多迎接他的家人们都置之不理，开口第一声就问，

——后面的人都已经到齐了吗？

许多人都莫名其妙，只是低声地互相问着，

——怎么一回事呀？

老头子也不恐慌，也不惶乱，只是在院子里前后左右急促地往复不停的乱踱着，仿佛刚才还非常忿怒，现在就发泄了一口气似的说，

——老虎！馋狗 [1]！

家里的人觉得很奇怪，可是谁都不敢向他寻问，——自从老太太死后，在全家的儿媳们之间，老头子有时候简直就成为一个不可知的谜！

两个轿夫在大灰町那边埋头埋脑，专心致力地在拆卸轿子上的蓝布以及各种的零件，都变了形，不说也不笑。大概是在路上跑乏了。

许多人走到东边的路口去等，看看所有到山上去的人们都断断续续的回来了，像打了败仗似的，每一个都带着寻端肇衅的暴躁的面孔，童子军则远远地落在后头，——他们直到最后还接受了地保陈百川的指挥，竭尽了所有的力量，利用了身上带着的洋麻绳，把那些"土匪"捆缚了三十一个，当为从战场里获得的俘虏一样，胜利地带回村子里来，——其余的则把他们赶得七零八落，分散到别地去了。

村子东边的大榕树下，现在从山上回来的人们在那里大开筵席，没

---

[1] 馋狗：指狼。

有什么劲了，因为受了那些"土匪"的骚扰，不能在山上吃个痛快，大家都有点兴致索然，——带回来的三十多名"俘虏"，则把他们连结起来，缚牢在榕树的横根上。筵席吃完之后，一则肚子饱了，二则已经有了余暇，这些"土匪"现在要怎样处理呢？那最好——有人这样提议了——还是把他们审判一下吧！……老头子和大儿子国让，二儿子国垂，并列地坐在临时摆设下来的凳子上，俨然是一个法庭的样子。林老师对于这件事也觉得很严重，他坐在另一边做"陪审"，地保陈百川，不言而喻，他只好拿着木棍子在等待着什么时候须要动手——他执着"刑具"。陈大鹏大约已经回他们将军山去了，此刻没有在场。童子军则有的在看守着受审判的"俘虏"们，有的散布在外围的地方担任站岗，维持秩序。

——你的姓名？老头子作着检察官的样子问话了。

以后每逢"检察官"发出了一句简单的问话，地保陈百川就立即把这简单的问话制成了雷电冰雹，向那囚徒的头子猛击下来，

——你叫什么姓名？你假？——你还不直说吗？妈的，要老子饶你得等乌龟叫呀！说！从实的说，你这强盗！

——没有呀！……这是一个比谁都生疏的——从未见过的赤身的瘦子，他的手只是随便缚着，没有反剪，他皱着面孔说，我是好人，恳求太老爷慈心，饶了我，还有我的小孩子和女人，都是求乞的，我姓黄，叫做黄娘宇。

——什么地方人？

——禀告太老爷，我们到这里很远，是五华。

——为什么要走的呢？

——我们村子里什么也没有了，不能住。

——那末你一定偷了人家的东西了！——你们家里有牛没有？

——以前养了两只山牛，一只卖了，一只过桥的时候跌落桥下，跌死了。

——你的家里常常有客人来吗？你到小河边捉鱼没有？我看你很像一个捉鱼的，记得在——什么地方呀？——在小河边看过你，你认得

我吗？

——禀告太老爷，我看见你还是第一次。

——你肚子很饿吗？

——两天没有吃东西了！

——那末你站在一边吧！……喂，那一个，——到这边来吧！你叫什么名字？什么地方人？

现在是一个给打落了鼻子的汉子，面孔太黑，看不出年岁，满身的泥土，显得似乎很胖的样子。童子军很小心，而且洋绳子也充足，他们把这个人的颈子两手以及腿子都牢牢的捆实了，洋绳子陷入了肉内，有些地方已经出了血，几致不能把身子移动。

——我叫梁潭水，家在清远。

——你把女人都带出来吗？

——禀告太老爷，没有，我的女人在去年死了——但是留下了一个孩子。

——很好，我正想详细问一问他，——哪一个孩子是你的？

——现在没有了，孩子在半路上死了，干净了！

说着，他恶声地作了一阵狂笑。

——那一边的，喂，不错，是你，到这边来吧！

现在是一个抱着孩子的女人，她衣服破烂，几致分不出布的颜色，头发则蓬松地散披在面庞上和肩背上，因为是女人，童子军似乎对她有所怜悯，所以只缚了一只手。

——听说你抢我们的东西，——人家在祭墓，但是你抢——

——我不怕你怎么说！我已经预备好了！我要跟……跟你拼命！是你们自己当土匪，你们抢了我的儿子，我的儿子让你们用脚踩，踩得他肠头打嘴里出，踩得他骨头变软，踩得他死……

老头子今天太辛苦了，又碰到了这么多的事，这个"审判"自始至终就不会叫他提起兴味，他简直非常的松懈，对于这个女人突然发出的野蛮而强暴的态度，直到这一刹那为止——还不曾有过半点的准备。

——就是你抱在手里的一个？——怎么不把他抛掉，死了还有用场，混蛋，你对我说假话啦！你抱来给我看看！

女人用力地挥动了头发，把散乱不堪的头发都拨到后颈上，使她的凶恶的面庞完全显露，并且把背脊扼制得低低地，一副泛着黄色光焰的眼睛像攫取食物的鹰似的对那老头子的面孔迫射着，于是朝着老头子的身边没命地直冲上去，——

——交给你！我们子母仔[1]二人都交给你！——我要你们赔！你这杀千刀！雷劈你们子子孙孙九十九代！我要你们赔呀！……

吓得那老头子面孔发蓝，舍弃了那木凳子想走，几乎要摔了一交。

但是这边陈国垂突然站起了那壮大可怕的身躯，把高高的前胸迫临在女人的面前，颤抖着嘴唇，作着怒吼，

——你想到这里来报仇吗，——你这疯婆！

女人正想退下来，并且在心里预备着退下来之后又怎么样……但是陈国垂已经把全身的筋肉都绷得很紧，他看准着那女人的颧颧骨，猛力地一拳，女人双手一松，丢下了孩子的紫黑色的小尸体，随即扑的一声跌倒下去，在地上翻动了一下，露出了蛇一样蜡黄色的肚皮，——

这一切都变动得非常利害，——陈浩然那老头子给许多人前护后拥的送回福禄轩去了，那些强蛮的匪徒们——当心呵！——则还是交由那一百多名的童子军在看守着。

趁着林老师在旁——一切的情形林老师也并不是不知道——老头子对地保陈百川责骂着说，

——今天的事又是你错了！你怎么把这些灾民也捆缚了来？教我如何审判他们？如果是给我的儿子国宣做县长，碰到了这样的案子的话，就一定非从严究办不可的啦！

空气突然转变得非常严重，陈国垂知道自己出了祸事，不晓得躲进哪里去，地保陈百川是一个烧香敲断佛手的家伙，简直不中用；除了

---

[1] 子母仔：母子两人。

林老师之外，处在这危难当头的当儿，只有大儿子国让在旁，——国让的身体太不行，精神缺乏，脑子不能用，一用就痛，对于这样的事，简直不知所措，自始至终就不曾发过一言一语。而况他今天往复一共跑了五十多里的路程，疲累得要命，如果这里有人为他放置了一口棺木，那他简直乐得一倒身睡在那棺木的里面，说一声"我倒愿意这样默默无闻的死了去！"

那末现在唯有听林老师的高见了。但是林老师沉着脸，他似乎觉得很为难，他皱着眉头说，

——要仔细考虑考虑，这是一条严重的人命案，办起来，那是非同小可，况且，——这许多人到底为什么要把他们抓来？既然抓来了，到底能不能判定他们一个个都有罪，——譬如犯了抢劫一类的案子？但是我以为这些都不可能，——

——为什么会弄成如此呢？……唉，我的确糊涂了，是的，这是决不可能的！老头子大大的懊悔着。

——你对他们说话的态度就软弱得很，简直并没有当他们是犯法的来看，现在关键就在这里，你是不是有办法弄出各种的证据，把他们送到梅冷区公所，甚至县城也好，并且要从头到尾一只脚"踏实"他们，他们一动，就把他们一手打进酆都地狱去——有这样的办法没有呢？

——唉，这是怎么样？……而且，凭良心说吧，……

——所以事情就在这里弄糟了！他们也不是土匪，也不是什么，是一些平常的灾民，——不过他们之中，如果有一个稍为识得些时务，突然起来说话的话，那末会变成什么局面呢？——依我看来，他们是从五华，清远等处流落到这边来的，俗语说，"三日乞丐，十日流氓"，"足过三都，天上偷桃"，他们的见识会比我们来得少吗？你既然不能指证他们有罪，那末现在就由他们来指证你了——你无故打死他们的人！

这最末的一句把老头子吓得跳起来，他突然发晕了似的说，

——该死！真是该死！唉，国宣呵，如果今日有你在，我什么都可以放手，你一定不像我这样的糊涂！你怎么又不回来看我一下？你去得

太远了呀！……

原来林老师所说的话是故意吓他的，当然这里是有着不便吐露的企图，但是他觉得刚才把这老家伙迫得太紧，——突然给他一提起了国宣的名字，想起了别的关系，如果不对那老头子稍为放松一下，事实也似乎有所不容许；他于是转变了计策，用和缓了一些的态度说，

——老人家，你放心，办法是有的，总不成我林秀才做了你家的姻亲，会看着你落井而不顾之吗？

——既然有办法，你就得救我才好，自然这个恩德我就是死了也不会忘记，我要重重的答谢你！

林老师对于这样的话并没有表示客气，只是冷冷地笑了笑，随就喃喃地独自斟酌的说，

——这个办法……你让我再想一想看呀！——喂，百川哥！

——我在——有什么事？

——你立刻到榕树脚那边去吧——吩咐童子军注意，不要让那些人走脱一个，并且说等一等就有人来说话了，你立即去吧！

把地保打发走了之后，随即用嘴巴附着那老头子的耳朵低声地说，

——如果他们之中有一个给走脱了去，那末这个人一定是控告去的了！

他于是告诉了老头子许多的计划，——老头子解了围，没有什么话说，一味儿只是把头儿点着，点着，……

——再好也莫过于这样办了，林老师又说；至于其他的呢，那不要紧，我的人手很多，现在梅冷公安局，区公所，善后委员会，还有汕尾盐务分局，哪一处没有我的耳目在，——有什么可以担心的罗！千斤担都由我一人担上好了！

林老师告诉他的本来是一种计谋，但是他并不看它是计谋，他要把这件事当为自己本来就决意这样做一样的做去，这里没有什么必须隐藏的秘密，无论对什么人都可以坦然地表明，——因为，他的确不能不对这一次应付灾民的事表示极大的遗憾，不过他已经有了补救的法子了，

哪一种的人，天定叫他去做哪一种的事，这的确和一个人生成的性格有关；听人家说，应该怎样做，就怎样做，这叫做明理而行，有什么稀罕呢！必须说，因为自己知道非这样做不可，只要自己觉得只有这样做是对的，那末就是和别的道理有点距离，也没有什么关系！

老头子因为这里的人手太缺少，而自己则实在也太乏力，——那末还是请林老师多跑一趟——由林老师去代达比较好吧……不过总不要忘记说，他原来就是一位远近闻名的慈善家，他并不是存着什么恶意要来对付那些灾民——

林老师到榕树脚这边来了，他完全用了另一个人的态度，很和气地对那些灾民们说，

——……他原来就是一位远近闻名的慈善家，——不过今日因为到他们祖宗的坟地去祭扫，又值你们在旁经过，有人忽然说你们是土匪，其实山上的土匪固然有，但也并不是你们，所以，这就是一种误会！——现在什么都非常明白了，你们是可怜的灾民，而他呢，既然刚才是这么说了，你们也就得相信！当然他是一位有钱有势的人物，梅冷镇，汕尾港，以及县城所有的衙门机关，都和他很有来往。他的最小的儿子国宣——这是个了不起的人物，说他的官级，恐怕于你们就不好懂，是在潮州，上杭，饶平过去——还要再远些吧，那宾隆地方的军队里当一个中尉书记，参谋是武，书记是文，那是再好没有的位置了！至于我本人呢，你们一听就明白，我是国宣的岳父，是梅冷归丰林林族的秀才，官名是林昆湖，这里的人都称我是林老师……说到他们的家财，本来没有什么足以对大家夸耀，不过他和别处的财主有点不同，他能够把钱用来造桥，修路，救济穷人，这一点就是他的好心肠，也就是他令人敬重的地方，——现在他决意拿出一笔款子，在他的本乡，就是这里罗冈村，设立一个灾民收容所，此刻已经打发工人去买材料，限定三日内就要把这灾民收容所搭架起来，以后你们也有地方住，也有饭吃可以很安乐的过日子，不过在这三日之内，你们男女大小，凡是会做的都得帮着做工，并且还要计给你们一点工钱呢，你们大家都欢喜了吗？

说完了，命令童子军把他们身上捆缚着的绳子都解脱下来。

他们我看你，你看我的，互相交头接语起来了，

——他怎么说的呢？

——他哄骗我们了！

——恐怕这世界还有些好心肠的人呀！

——不，这是鬼话！我们的人让他们打死了，大家觉得怎么样——甘愿吗？

——真的，甘愿吗？……你们想想看呀！——我们差点就要受他的骗了！

——是的，大人们，你们打死了我们的人又怎么办呢？

于是大家咆哮起来了，罗冈村人也正在准备着这场决斗，谁都握着拳，卷着袖口。

——静点！静点！林老师对于这样的情形却还没有表示绝望，他极力地把他们压服着；你们相信着我吧——你们还有什么不愿意的地方吗？那末尽管向我是问！喂，你们听我的话！这个女人是不会死的，她不过因为肚子太饿，一跌下去就晕倒了，我已经叫人到梅冷去请医生去了，等一等——喔，你们相信吧！也许能够把她救活起来的，……至于那个孩子，我还要再加调查，是不是罗冈村人踏死的呢——而且我看他还有些活气，只要医生一来，就知道了……

大概他们都有点不相信吧，——不过不相信又怎样呢？到底什么人还想出了更好的法子没有？为什么每一个都变得默默地？……看呵，那位好人已经叫人把刚才吃剩的饭菜都摊摆出来了！不吃吗？肚子正饿得很呀！……

——喂，孩子，你也得自己动手才好了！我管不了，我饿得很！一个汉子一面吞着攫夺过来的饭团一面说。

——妈的，你们要抢吗？在我手里的也抢去了。

——我拳头比你大啦！我等着你！一个特别壮大的汉子把一个装豆腐干的竹篮子霸占去了。

——我肏你九十九代的老祖宗！什么人已经动起手来了，并且有什么人已经给摔跌下来。

——呵呀！……有人哭唤起来了，不知是孩子还是女人。

但是一下子又静默下来了。獠牙掀唇的大吞大嚼着，饭粒和肉屑从阔大的嘴边丢下了，饭箩里的瓷碗在叫嚣，在互碰，在崩缺，装菜汤的盆为一只黑色的手所攫夺——在空中屁股向天的倒挂着，鼻尖、两颊都黏着透明的粉丝，薄薄而蓝色的葱叶子在上下唇紧贴着，浓白而富有油腻的肉汤淋湿了破烂的前襟，粗而坚硬的胡子顶着细微的或者尖的三角的碎骨，……静默下来了，真的静默下来了，榕树的黄叶子咯的一声脱开了树枝，咯的一声跌落在石板上，也可以清楚地听得见。

趁着这些人在幻梦中挣扎着的当儿，另一边却悄悄地展开了急促而紧张的场面：有四个体壮力强的汉子同时动手，用了做贼般的最快捷的手法，仿佛天地已经晕黑了——这晶亮的太阳光并不足以使他们看得见似的突着双眼，把那"子母仔"两具尸首抬到侧边的干草堆那边去了，这四个人的影子在干草堆的背面那边消失了很久之后，这才重又出现了来，各都笑笑地拍着双手——手里似乎刚才正弄上了许多尘土一般。当他们在进行着这件事的时候，这集中在榕树脚下的数百人向着灾民那边砌起又高又厚的墙堵来，阻止灾民们的锐利的视线的横袭，——过了一会，有人向灾民们宣布现在请他们都搬进村子里去，在福禄轩南边相连接的一幅因为距离村子太近，不胜鸡狗的践踏之故而荒废了的旱园子里，用公家往常在做红白事的时候应用的东西，临时盖起布棚子来，叫他们在那里暂歇一下，——童子军和罗冈村（还有少数的将军山人）的数百群众在他们的背后簇拥着，挤得很密。而那些灾民，对于那榕树脚似乎并没有表现他们的依恋；他们的肚子就是不全饱，也有七八成，眼睛看到和耳朵听到的都是这么的一种纷乱的、短暂的、甚至完全没有让人思索的余地的情景，除了莫名其妙地当必须唾骂的时候唾骂过了之后，找不到可以争论的题目，那末他们现在对于那连痕迹都不容易看到的"子母仔"两具尸首是什么感触也没有了吗？是这样的吗？一两具的死尸摆

131

在面前算不了怎么一回事吗？从死尸的上面去发动起复仇的激烈的事来——这件事不能够吗？他们到底是仓忙地在这死亡线上奔逐着来了！已经失去了思索的余裕！……

老头子躺在福禄轩的床铺上，在等待这严重的日子——从太阳开始向西倾斜慢慢地到黄昏，从黄昏慢慢地到天黑，——这其间，林老师几乎把所有的时间都应付在这些事情的处理上，他打发童子军回去了，又命令地保陈百川派定许多人轮流地把布棚里的灾民们看守着，监视他们的动静，同时还要严密地注意外间的"空气"，听听村子里以及这里附近各乡的人们，对于今日所发生的事情究竟作了怎样的谈论，如果有什么人在这事情形的上面画蛇添足地加以虚构，毁谤，或者造谣，那无论如何，一点也不要放松，一点也不能把它看作等闲，必须采取有效的法子去对付他们，制止他们，当他回到福禄轩来的时候，他告诉那老头子，现在什么事情都弄妥当了。

——不过，他还说；我可不能在这里停得太久，俗语说，"好事不出门，恶事传千里"，今天的事，知道的人很多，这些人，要把他们的嘴一个个都缝着，叫他们不要胡乱说出去，实在很难，那末，梅冷这条路要不是由我去"踏实"它，要叫谁去呢？你我是姻亲，是多年的深交，又是门庭相接的近邻，如果你的家里发生了盗劫，而我是袖手旁观的话，我可以当天设誓：这简直就不是人！——一切什么，不言而喻，——我想，比方要尽了两三天的工夫去探访朋友的话，"车马费"不要算，单是请朋友到仁安居去坐一两个钟头，点个六味七味的和菜，开一瓶白兰地，如果每一次只消十元的样子，那简直就没有法子可以嫌它太贵了，因为在官场里，正经请起客来，只消化了十元的样子就足够，那是从来就不曾有！……我呢，是恐怕你身上没有便，不过有什么关系呢？你暂时可以先交给我五十元，——

那老头子的脑子一样的纷乱，他简直找不出一句可以回答的话，从床铺上一扳起身子，一只手就摸着腰边带着的钥匙。他走近长台的抽屉那边，一把钥匙插进锁子的四方孔里去，要把它打开，农民拿锹子掘石丁儿还没有这么辛苦似的，几乎把所有的气力都用尽了，嘴里像吃下了辛辣的东西似的嘶嘶地倒吸着涎沫，气管里则巴啦巴啦地呼着气，……这边的林老师紧紧的追踪着他，他又想不出一点理由，叫这个不要面子的家伙在凳子上坐一坐也好，那末他可以托辞走出这屋子的外面，不要回头来看他了，只顾远远的逃——而林老师，他的神经对于这一切的感应正也灵敏得很，他看出那吝啬鬼作着不很大方的忸忸怩怩的怪样子，的确动起了怒火，心里十分负气地这样想，"如果我是伍子胥，我就决不会用鞭子来鞭你这楚平王王八蛋的死尸！"他于是"霍——霍——"恶声地咳嗽了一阵，一只手拿了自己的洋布伞，就这样匆匆地走到门口那边去了，但是有一大串袁世凯头的大洋作着清甜悦耳的声音在背后响着，同时又听见那老头子在叫，

——喔，林老师你怎么就走呀？

林老师顺着势子回转头来，面孔的表情一点破绽也没有，而心里则实在是这样想，"如果你不拿给我，我也并不因而就忿怒起来；如果你拿给我了，我也并不因而就觉得欢喜！"他于是作着毫未经过变动的声音冷冷地说，

——蚯蚓！——蚯蚓！……

从昨晚到今天，也已经平安无事地过去了，——当着晨光迷蒙，太阳还未上山的时候，老头子，他兴奋得很，很早就从床铺上爬起来，他独自个走到旱园子的布棚那边，一面走一面作着手势，叫那黄褐色的壮大的狗不要跟着来，似乎说，

——你看呀，我这样轻轻的走还恐怕要发出声来，如果你跟着来了，那我真要顾虑，你会不会惊动了他们？

那畜牲把粽子脸稍为横侧着像一个无从教起的傻气的小孩子似的，笑嘻嘻地，一条湿落落的舌头在嘴边悬挂着，它并不曾应答他说，

——那末我就回转去吧！

所以老头子走了一步，它也就走近了些，还是在他的背后跟着，没

有法子，老头子只得和蔼地微笑着，似乎转变了语气说，

——来吧！到这边来吧！……可是你要静静的听呀！

这其间，他们不觉已经走近了那布棚的木柱下，因为自己过于恬静了，反为那不恬静的声音所惊动，——在这两丈见方的旱园子里，那三十一个（除了"子母仔"死去的两个，只剩二十九个了。）睡得烂熟，正如一大锅煮得烂熟了的猪糟，当水快要干了的当儿，那上面就穿起了万千的孔来，靠着一点黏液，在那万千的孔里呼呼地作着总的沸腾，这声音是笨拙而又沉重，地壳也几乎跟着要震荡起来了。他一面给一只手掩住了那狗的嘴，叫它不要声张，一面仔细地在察看里面的情景，——一个女人，袒着黄色的胸脯，伸出了那黑色而坚硬的乳头，小孩子则躺在她的腋下，那小小的发满着烂疮的面庞上的表情是：热，郁闷，痛苦；似乎在毒骂着自己说："你这个可诅咒的面孔呵，我要把你一手撕得粉碎了！"更仔细一看，这小小的面庞却变得很美，那薄薄的嘴唇，起着新鲜而不曾消失过的锐利的边，并且已经微微地笑起来了，幻梦的笑，不可思议的笑，在这个笑的同时中，突然又变了，——这里有着欢乐与悲哀的调和，而悲哀正又急激地到临了极端的一面，……就是那小孩子隔开的一个汉子，他的鼻子给打破了，也没有包扎，染着血的地方都变了黑，不，这黑色正是他的皮肤的最外层，更仔细的一看，这黑色的里面还有白，那是破烂的疮口，空气里的各种下等的菌类在侵蚀着它，正如火的烈焰在侵蚀着木炭的边缘，等一等就要发腐了，还要一些些一些些的溃烂，——老头子大约还认识着他，昨天，他作了莫名其妙的囚徒，第二个受老头子的审问；记得地保陈百川那家伙，还在他的脊梁上使过了不少下的木棍，……在那些横七倒八的人堆里，这边有一个汉子突然把老头子的眼睛吸引住了，这个汉子在睡梦中让破烂的裤裆摊开，不知羞耻地露出了身体的下部，但是老头子十分地把他原恕，因为他的面孔生得很纯良，很柔顺，老头子甚至断定了这个人的品格，在平素中看来，一定要比什么人都来得纯净的吧……他于是想起了天下雨的时候，他们在外面是怎样的呢？如果到了冬天，他们在外面又是怎样的呢？这样的

凡是替他们打算的都想到了，只是想起了昨天那榕树脚下的两具死尸的时候，他的结论就是，

——这难道是足以使我的心里感觉着不安的吗，如果我以后多多的做起好事来，好作这个罪愆的补赎，又怎样的呢？……

这之间，那黄褐色的壮大的狗突然越过了界线，跳进那人堆里去，在很小的空隙中寻得了落脚地，却已经静悄悄地偷着步子走进去了，它把那小孩子的小手衔在嘴里，拖一拖它，又把它丢下——这边的老头子急得几乎跳了起来，忽然之间，他觉得有一道迅急的红光在眼前一闪，回头一望，那低矮的东边的山阜上，已经升起了一个赤烂烂的火球，发射着威猛的烈焰，把那布棚下的黑灰色的场面照得通红，刚才趁着黑灰色在那人堆里戏玩的狗，在这烈焰的追射之下，正像让人家在脊梁上冷不防落了一棍似的，差一点要哎的叫了出来，只好把背脊扼制得低低地，紧夹着尾巴，往外边跑——但是它刚刚一开步，就吓了一跳，有一个汉子带着一张红色而破烂的凶恶可怕的面孔直坐起来了，这面孔在那旭日的红光的追射之下，似乎立即起了一种严重的痛楚，他忍熬不住，把这面孔一皱，露出了一副焦黑色的怪异的牙齿，并且几乎要发出暴烈的声音吼叫起来，……老头子刚才宁静优美的思维在这急激的变动中给碰得粉碎，他仿佛觉得：他是不知所以地欠了这些暴徒们的债，如果不早些躲起来，马上就要在他们的无情的催迫中东撞西碰，没处逃遁！……

灾民收容所现在就搭架起来了，地点是在那旱园子南边隔开的又一幅旱园子上，材料是杉木柱，篾片子，以及用蔗叶编成的篷；杉木柱企着，架着，用篾片子缚着，再又把蔗叶篷盖在上面，做屋顶，做墙——除了好几根杉木柱是从梅冷买回来的之外，其余蔗叶篷和篾片子可以在本村的各户分派出来。这收容所建起来约莫有三丈多长，两丈多阔，一丈多高，因为过于急就，——而且要预备给那些灾民住的根本就无需怎样，搭架得一点也不讲究，只是向北开了一个小小的门，也没有在旁挖流水沟，也没有在墙壁上开窗子，看来像一个表演魔术的所在，要看的只好买票子从正门进去，不然你休想从什么地方找到一个可以偷偷地窥

望一点的缝隙，那幛幕里所扮演的一切，于你还是一个不可解的谜！

那二十九个住在这收容所的里面，——慈善家救济他们的办法，除了这杉木柱和蔗叶篷搭盖起来的空屋子之外，每天还给他们吃两顿的稀饭，其他就再也没有什么别的花样。

有人已经在作着这样的议论了，

——这些人镇日让他们空守在屋子里，实在太无谓了，而且他们自己不走不动，也难以过日子，这样为什么不找一点工给他们做呢？或者分配到本村各户去帮助种田，或者叫他们自己上山砍柴，不然，村子里的池塘依旧很浅，叫他们挖深一点不好吗？每逢春天一到，还可以多养几条鲢鱼！

但是老头子这样回答说，

——谁个要你这么说的呢？我活到今年六十多岁，吃的盐比你们吃的米还要多，难道这一点还不能看出的吗？

另一边，他碰到了地保陈百川的时候，就对他说，

——现在就有人这么说了——我觉得这个意思倒也很对，依你看又怎样的呢？

陈百川一点主张也没有。

末后他记起了林老师教他要把那些灾民们严密地监视的话，就回答说，

——林老师的话恐怕你也是听过的吧，他说是不能随便让他们出去的！——

他一面说，一面在心里猜想了一下，

——哼，这老家伙好像还不以为然的样子呢！

于是接着说，

——我呢，对于林老师的话也并不是怎样赞同的——

——哦？——

第二天，林老师自己一个人到村子里来了。

他一踏进福禄轩的门口，刚刚把伞子放下，还没有坐好，老头子看

了他很欢喜，劈头就对他说，

——唉，我真不行，自从你走后，我什么事都不能办！——现在就有人这么说了，我觉得这个意见倒很对，依你看又怎样的呢？

林老师喘息未定，心里想，

——现在就并不是这样回答的啦！

他忽然看见地保陈百川也在旁，就随口发问，

——百川哥又怎样对你说呢？他依照我的话做了没有？

——你叫他自己说吧！

陈百川哑了，那粗笨的面孔涨得通红。

这使林老师气得暴跳起来，

——混帐！混帐！

一连的叫着，又黄又瘦的油光脸在起着颤动。

等到平静下来的时候，他变得恳切地低着声音说，

——许多的事情你们哪里懂！梅冷镇今日有多少人在谈论我们罗冈村的事，你们知道吗？——百川哥，现在才知道我的话，是真的可以缝入锦囊里去的！我叫你们怎样做，你们能够依照着做了，就不会错半点！如果你听了别人的话，叫他们种田，做工，那名目也就变了，"这是开农场呵！"不然就是"工厂"……放屁！这是发财，叫做"慈善"！

地保陈百川瞠着双眼。

老头子则显得很焦急的样子说：

——那末你怎么说呢？我原本就没有什么成见！

——现在最要紧的是：第一，要严密地止制他们之中有人到梅冷去控告；第二，——叻，百川哥，你恐怕就不会注意到这一点，这村子里以及附近各乡的人们，对于这件事情究竟作了怎样的谈论没有？——要使这村子里以及附近各乡的人们，不要在这事情的上面画蛇添足，或者造谣，毁谤。如果你们能够切实做到这两点，那末，第三，——这不成问题，我林昆湖可以给你们担保！难道我半点力量也没有？难道梅冷这条路我不能一脚就踏实了它！梅冷镇今日就有不少的人在谈论我们罗冈

村的事了，他们说，罗冈村，出了一个慈善家……

总之，梅冷的情形是好极了，一点别的枝节也没有。他这样安慰了老头子，叫他放心，而他自己，事情又很忙碌，此刻又要回梅冷去了。

——混帐！他一踏出了福禄轩的门口，就暗暗地骂着；你们罗冈村的谋士比我强多了！——这真是可笑的事，我林昆湖要蹲在你们的喉咙里拉屎啦！依我看，这个收容所正是猪栏，在猪栏里养着的猪，总不会没有用场！他独自的笑了笑，忽然心血来潮，顺口哼出了这么的一首短歌：

> 人家养驴子，
> 驴子不怕多；
> 只要由我管，
> 驴子的白骨变银子，
> 驴子的黑皮变绫罗！

林老师确实也焦急的很，他想了许多时光，还没有把事情弄妥，——最初，他走到缝衣店那边去接洽了好些缝衣匠。缝衣匠是决不会对他忠实的，这里的缝衣匠是一样的很瘦，很狡猾，那利害的眼睛，几乎都变成了一把尺子，你看他们静默地专心一意地在裁衣服，而心里所想的也是裁衣服那事么？那恐怕就难以相信，——林昆湖踏进了店子的门口，戏谑地大喝一声，

——生意好呀！

他们伙计有三个人，看不出哪一个是老板。一个站在一张满凝着浆糊的长台边，把一块蓝花布子——明知不是自己的钱所买来的一样胡乱的剪，两个则伏着身子，各都守着自己的缝衣机，永无休止地把缝衣机拨得拉拉的响，如果按照他们的样子制成一种玩具，好像他们这样的老是依附着缝衣机过日子的情形，这玩具就非把他们当作缝衣机的附属品来制造不可。

那站着拿剪子的一个，冷冷地问，

——还是要剪褂子，还是要剪什么？

林昆湖顺着那大喝一声的势子叫着，

——混帐！我自己就要开一间大大的缝衣厂了，还要到你们这边来裁衣服吗？

拿剪子的听了觉得很气，他预备着把剪子放下来，回答他一句什么——这剪子还在手里不及放下，林昆湖突然又拖去了他身边的一张凳子。

——你这王八！

拿剪子的暗暗地骂了一声，心里想着对于这一类的家伙就用不着什么客气，——

——要当心我的脚尖呀！

不想林昆湖这下子，不知怎样，竟然，

——哈哈哈……

的大笑起来了。

那缝衣匠看看这个人拿着蓝布雨伞，穿着旧的黄葛袍子，又是黄色发亮的油光脸，虽然有些绅士的模样，却断定他必然地是发了狂。

这其间，林昆湖让屁股在那凳子上贴了一下，突然又站立起来，到缝衣机那边去考察了一考察，但是心里又说，

——这还用说吗——论到这缝衣机从广州买回来的价目，谁不知道，每架至少也总得在八九十元以上——

那缝衣机是：大的肚子，细的颈，一块长方形的铜板上刻着好几行横的英文字，这英文字十分精巧地在眼膜下闪烁着，可是一点也不得要领，——

终于他省悟到"何必多此一举"似的废然地走出来了，——原来他正在考虑着，

——如果利用那收容所组织一个缝衣厂又怎样呢？

他对于这个计划根本就没有半点的认识和准备，——因为他过于冲

动而且躁急，跟一个缝衣匠打交道的态度和发言似乎都没有把握得准，而这些缝衣匠，是那样的又瘦又狡猾，一和他们打起交道来，保不定他们不会阴险地想出了一点有害的诡计来阻碍他，……总之他没有心机来计及这些——他第一必须在那老头子的面前献出一个新的计划，比方要组织一个缝衣厂——或者别的什么也好，从资本的来源着想，这缝衣厂的计划就不能不预先地通过了他，但是他不愿意这缝衣厂的权柄给操纵在那老头子的手里，眼巴巴看着这一群驴子让别人牵走了，如果是那样，就不如一只一只的零星地偷杀了它……

他把蓝布雨伞卷成一枝，当作斯特克[1]，曲着背脊，一拐一拐的背着那缝衣店的门口走，后面的狡猾的缝衣匠正指划着他的背脊在取笑着。但是他如果装作听不见的时候，就无需乎板起面孔来对他们作什么回骂了。这当儿，他觉得脑子里受了一种神秘的魔幛的包围，他的前后左右似乎都发生了一种奇怪的音响，定神一看，原来这里是一所小小的电心制造场，他猛然地记起了里面当司理的正是他旧时的朋友，心里想，

——我并不是有意把缝衣厂的计划改成电心制造场，但是也不妨走进这里面去看看他……

这位朋友叫做"喀家松"，没有什么可以考据的了，鬼才晓得他为什么要让人叫起这个名字。以前他在旧金山的过洋船里当水手，在香港永乐街结识了一个电器行的朋友。他对所有的人们说，不知什么缘故，他一闻到那电土的肥田料一样的辛辣味的时候，就觉得爽快，如果还是把他再又关进那过洋船的舱里去，那末他停不到半个钟头，就难免要眼黑头晕。不过这些都不要管吧——他热烈地和林昆湖握手，又叫"后生"斟上了一杯热茶，他穿着从旧金山带回来的配着宽紧带的绿色裤子，身体是又胖又矮，突着肚皮，两手两脚的动作都显得非常蠢，看来正和今日学堂里流行的书本上绘着的又会说话又会穿衣服的田鸡大伯伯差不多。他不怎么说话，只是把两个肩峰耸了耸，像一个经不起人家的戏玩的小

---

[1] 斯特克：stick，这里指拐杖。

孩子似的只管嘻嘻的笑着，而且笑得很久很久。他于是兴致勃勃的把林昆湖带到每一个角落里去参观了一下子，对那黑色的泥土指点着，嘴里又解释着一些别的什么，——那黑泥土的气味委实辛辣得很，教林昆湖在这里就是五分钟也停不住脚，因为他再也兀禁不住，鼻管里几乎要爆裂的样子，一味儿只管打着——喝嗤！……喝嗤！……喝嗤！……

他从那黑灰色的工场里被迫了出来，几乎还是非向外边撤退不可，等到定下神来，正想跟那"金山客"打一打交道的时候，那本有的雄厚的气势却几乎要消失得干干净净，——他不能不屈服下来，让那"金山客"在他的面前居高临下，把他的暗藏在心里的计划打得粉碎！

他只是吞吞吐吐的对那"金山客"这样查问了一下说，

——这个制造场，……在最初起手的时候，是用过了多少资本的呢？

不想那"金山客"——你不要看他只是嘻嘻地笑着，就觉得没有什么，正因为他有着这个笑，所以他比那缝衣匠还要奸狡，不，如果站在他自己的立场说，他实在也太神经过敏了，人家说，只有瘦小的家伙才神经过敏的话，有点不尽然吧？——他一面嘻嘻地笑着，一面回答说，

——老兄，未必你也想弄一弄这"干无实"[1]的勾当吗？香港永乐街电器行的朋友——唔，他们不久会来信给我的，大概他们也觉得这生意很难做，——我呢，五年来已经打算把这个地点搬一搬，大概要搬到阳江方面去，阳江这地方听说还不坏，每年到长洲的海面来的渔船可就不少，但是搬到阳江那边又怎样呢？那是……总之是非常困难的呀！……

"缝衣厂"和"电心制造场"的计划既然给打得粉碎，也就无所用于它们，——他确实地没有什么心机来计及这些，……他第一必须在那老头子的面前献出了一个新的计划，——从资本的来源着想，这计划如果不预先地通过了他，行吗？但是他不愿意让这里的权柄给操纵在那老头子的手上，眼巴巴看着这一群驴子让别的人牵走了，如果是那样，就不如一只一只的零星地偷杀了它……

---

[1] 干无实：指使人讨厌的东西。

过了好些时光，梅冷镇的街道上忽然发现了这么的一种特异的广告，这广告用"联红纸"作八开面来写，——"联红纸"已经旧了，有些地方简直褪了彩红，变成了黄淡淡的破纸，有的上面看来很新，下面看来很旧，这却是用一些残留下来的纸尾所接合起来的了，……"联红纸"是一种在过新年的时候写门联用的纸，看到这种纸，就要联想到每年年底的半个月中，梅冷镇的一些从晚清遗留下来的穷秀才们，怎样的对着那"联红纸"挥毫的气势，——背脊高高的拱着，手里握着大笔，一张嘴则收缩得变成了很尖很尖，像一支吹火管子，——不晓得究竟为什么要这样：大笔一挥到这里，那"火管子"就跟着向这边呼呼的吹；一挥到那里，那"火管子"就跟着向那边呼呼的吹？那只有他自己才知道了，……至于那广告是怎样写的呢？是用正楷写的，笔画倒很流利，文字是——

特种人工供应所广告

　　启者敝所现养成特种人材多名以备各界雇用各界诸君举凡遇有人力不敷或感受其他苦恼者请移玉来敝所接洽当别有佳境而获意想不到之功也

特种人工供应所主人静庵启

地点梅冷归丰三条巷第二巷巷内十一号

　　贴这广告的不晓得是谁，大概他的足迹是从东到西，最初出现的地点似乎是在一间理发店的门口，——这理发店还不能算是镇上最壮丽的建筑物，而门口的那一条圆柱形的家伙，是一样的用红白蓝相间的颜色在涂抹着，这里的街道虽然很脏，而且很破烂，但是谁都知道，世界上的理发匠一遇到脏的或者破烂的东西，总是有一种顽强而惊人的意志力立刻把它整刷得簇新的，比方这店子的前墙，因为地基太虚，已经低低地陷落了一半下去，但是那墙的外层的石灰却并不跟着它一起陷落，这外层的石灰现在是挺起了胸脯，正决定着朝别的方向走了，当然这（墙

和墙的外层的石灰）彼此之间就不免要发生了相当的离异，要是你把耳朵紧贴在那高高地挺着的胸脯去倾听一下，那末你可以明白，里面正像一个顶唠叨的女人的肚皮里所暗怀着的秘密，沙拉沙拉地，仿佛有许多的虫在穿蚀着似的，发出了灰末在那空的肚皮里从上面飞落到底下去的声音，这声音响得越激烈，那肚皮似乎就更加挺了起来，当然这内中正发生了难以忍熬的痛楚，甚至要使那肚皮陷进了无可挽救的碎裂，——但是这理发店里的理发匠是不计一切的把它刷新起来了，在上面抹了一重厚厚的石灰水，并且摆出了一种红焰焰的不可迫视的气态，用八个四方字写着：

　　禁止标贴
　　如违究治

　　这八个字在那贴广告的人看来，大概正和街道上所有畏惧着给分派了一张广告纸在手上，因而把广告纸恨得刺骨的人们的面孔一样，但是这面孔是软弱的，一遇到追迫就要屈服，而那八个字是比那软弱的面孔还要软弱，他已经被广告纸贴上去了，一连打了它好几个耳光之后，就是转回头来对它作一作鬼脸也没有什么关系，——不过那广告在这里贴着的时光终归是短暂得很，理发匠一走出来就把它撕去了，连上面写些什么也来不及看，就把它搓成一团，抛进那墙角边的垃圾堆里去。

　　第二张广告的出现，是在一间倒闭了的食物店的门板上，——这食物店大概自从倒闭到现在还不久，但是因为以前开着的时候，里面的厨子太不讲究洁净，弄得满店子是那样的又潮湿又油腻，一经倒闭下来，很快地就发了腐，壁上的石灰变成了黄色，而墙脚则苴发了许多赭褐色的难看的菌类。这地点因为比别的店子稍为往后凹陷着，有点儿阴阴暗暗，很不醒眼，街上的行人一到了缓急的时候，在那里小便的已经不少，——凡是在街头巷尾可以小便的地方，当你站在那里觉得通身发松的当儿，举目一看，面前总有些广告在贴着，什么五淋白浊，下疳鱼口之类，所以广告并不是凡属空白的墙壁都可以贴，贴广告似乎也有某一固定的地方；自从这店子的门口变成了小便处之后，那门板上贴着的广告正也不少，可见贴广告的地方，和小便处就并不是绝然无关，——不过，那"特种人工供应所"什么什么的广告，贴在这里就似乎不大适合，……总之，这广告贴上之后，是始终也没有被人注意过，而这广告的令人注意，也并不是在第三张出现的时候，那恐怕还要在最末的一张出现以后，——

那里是一个摆设冷食摊的所在，在相距不远的榕树脚那边，是从黄沙约到汕尾去的大路，在梅冷的街道通过时的出口。平时，驻在关爷庙里的兵，用竹竿子张着铅线，在那里晒衣服，这一天恰好是市日，从各乡来的村民们在那里枭麦子，许多小孩子趁着麦子从麻袋子过斗，又从斗过麻袋子，而有许多麦子已经落到地上去的时候，他们就一只手拿着小插箕，一只手拿着扫子，在地上混着泥砂扫麦子。一些猪贩子们，用着最浪费的唇舌，逗引了许多人在作买卖，吱吱喳喳地，也混进这里来了，——并且，就是再多一些人到这里来插足也不要紧吧；这里摆设着的摊子是：猪头皮，卤肉，乌贼，芋头，杏仁茶，还有油麻糊，豆腐花……就在卖豆腐花的摊子这边，许多最初学得了袋子里的铜板应该如何使用的小伙子们，一下子两碗三碗，走了，——一下子两碗三碗，走了，……有一个戴白水松帽的老头子，最早就坐在一张有着腰靠的凳子上，也不吃豆腐花，也不要什么，皱着眉头独自个坠进了一种莫名其妙的愁苦中，间或定定神看一看那壮健的小伙子们吃豆腐花——吃完了，把铜板丢下，走，而那豆腐花的老板，他把这些吃过了的碗在木桶里洗濯了一下就好了，一只手于是巧妙地拿着两口碗，手一颤动，两口碗像千万只蝉儿聚集在一起似的发出很大的声音，这时候，他的面孔是转到别的方面去，似乎在躲避着人们的注意，又好像在暗示着说，

——狗子们，你们只管看着我的面孔干什么，你们要听一听我手里建连建连地叫着的碗声才对呀！

可是那愁苦着的戴白水松帽的老头子，是已经什么也不看，什么也不听。

这是一个有趣的家伙，他无端的在身上带了许多的故事，一碰到什么人的时候，就讲；讲完了，还是把这些故事收拾起来，又带着走。但是这里听他讲故事的人是一个也找不到，——如果有一个适当的"听讲者"让他找到就好了，那末他的故事是这样说，

我（老头子自称）在香港九龙城长安街开一间杂货店子的钱，老早就预备好了，这间杂货店子，老早就开。不过人手少怎么行，有一个工人却还未曾雇到。我想香港那边的人六月戴帽子[1]，怎么靠得住，还是回到乡下来雇的好，因此我碰到我的表亲六肚掌的时候，就对他说，

——你的儿子长大了没有呀？我正要雇用一个工人！

六肚掌心里大概这样想，

——这个确实很好，我一定叫他立即就去！

但是他把这个意思瞒了，不肯说出来，——不然，为什么后来会发生变故的呢？

嘴里却这样回答我说，

——我的儿子是不想做工的呀！

这样也就算了。我碰到了阿紫——又是我的一个表亲，我一样的对他说，

——你的儿子长大了没有呀？我正要雇用一个工人！

阿紫的心里大概这样想，

——这个确实很好，我怎好错过了这个机会，不让他去的呀！

但是他把这个意思瞒了，不肯说出来，——不然，为什么后来会发生变故的呢？

嘴里却这样回答我说，

---

[1] 六月戴帽子：乡下的人只在冬天戴帽子，看到香港的人六月间也戴帽子，觉得他们靠不住。

——他肯跟随你去做工吗？他比什么人的儿子都神气得多！

这样也就算了，我有钱总不怕雇不到工人。

不想第二天，六肚掌，阿紫——这两位表亲的儿子都走到我的家里来。

六肚掌的儿子叫做阿广，阿紫的儿子叫做阿芸。

阿广说，

——表伯，我的爸爸叫我跟你到九龙去做工去。

阿芸说，

——我的爸爸说的也一样。

——这怎么行！我说；那末两个我都不要了，我没有对你们的爸爸说过要请两个工人！

他们还是乖乖的走出去，不想一踏出门口就互相吵了起来。

——他原本是叫我去的，因为你来，给你弄坏了！

——不，他原本是叫我去的，因为你来，是给你弄坏了！

这样两不相让，打得皮破血流。

六肚掌和阿紫知道了，那末把他们两个骂开去就好，也不骂；或者叫他们互相认错了就好，也不叫，——你看怎么样，这简直是反叛了！他们两个竟然合着到区公所去控告我，说我一个女子做了两头媒！——冤枉！害得我受了区公所的罚，出了二十只花边[1]的罚金，并且叫我把阿广阿芸两个都雇用。

没有法子，只好把他们两个都带到香港去了，——他们的身上哪里有半个铜板，你看要命不要命，完全由我垫出了他们两个的船费！

到了香港就要好好地做工才好了，不想叫他们做工，他们用手去摸一下也不肯，说要回去了，——唔，难道我还想去挽留他们？就是和他们多出了一回船费，也得送他们走了。——从此以后，我再也不敢雇用工人，可是人手少，杂货店就开不成，我的女人因为劳力过度病死了，

---

[1] 花边：旧时称流入中国的外国银元为花边钱。

剩下了一个儿子，因为事务太多，顾不了身体，也弄得混身病痛！我自己呢，还不到五十岁，因为烦心的事不断的来，头发变白了！……

我想，香港那边的人六月戴帽子，怎么靠得住，还是回到乡下来雇的好，——回来了，又碰到我的两个表亲。他们质问我，

——为什么你雇我的儿子去做工，一下子又辞退了？

我心烦得很，我理不了他们，——天呀，我的店子就要倒闭了，如果我这一次回来还是雇不到一个工人！"

这老头子正在感觉着非常失望的当儿，忽然像在茫然无依的海洋里发见了山崎似的，把眼睛睁大了，——那"特种人工供应所"的广告，哈哈，岂不是很凑巧吗？正在他对面的一条木柱上鲜明地张贴着。

他按照着广告上所写的地点去找，找着了。——原来如此：所谓"特种人工供应所"的主人"静庵"先生，其实就是那碰过了两次壁的林昆湖。

这是一个灰色而无光彩的屋子，靠左，有一座屋子是高大而且堂皇得很，这屋子就是依着那高屋子的墙建筑起来——简直是寄生起来的一样。入了门口，是一条狭窄而黑灰色的巷，靠左有一个门子，门子一开，显出了一个黑洞口，里面只有一处泛出了一点微光，一入这黑洞口，因为过于躁急地向着那泛出微光的地方摸索，眼睛变了态，就连这门子是木头做的还是石打的也瞧不见，人的眼睛在对于一种事物的观察中所起的功能，有时候也并不单靠着太阳和火的光亮，如果这里是黑暗，那不能说你的眼睛失了作用，因为你的眼睛已经看见了，而所看见的正就是这黑暗。不过情景也并非是这样严重，林昆湖把靠着巷口的窗子开开了来，扩大那微光，虽然其中哪里是镜子，哪里是木架，还不曾十分清楚地显现出来，但是现在他们主客谈起来，还可以相互地看出那黄色而忧郁的脸，——不过林昆湖一听见那客人说明了来意，那黄色而忧郁的脸就立即起了突变，他竟然喜出望外的握着客人的手，仿佛运命老早就注定着"今天非和你碰头不可"的一样，他说，

——我已经等你等得很久了！

这无非是为着要把主客之间的生疏的界线粉饰得一见如故，使两方的情感迅急地融合起来，——林昆湖于是接着问，

——你是不是要雇用一个"抓立"[1]的呢？不是！是不是要雇用一个看守轮船里的"火柜"[2]的呢？是不是要雇用一个"翻译"，或者在银行里"的叻达啦"打字的书记呢？那更不是了！这样，就有点……总之是颇费思量的啦！可是不要紧，你尽管放心，我们这里，上自一个高级将官所用的法国留学生，下至一个平常的少爷所用的婢女，真是人才济济，应有尽有，而樵夫俗子，才所谓狗肉不登大雅之堂，为吾侪所不足贵，——你老先生，依我看，不是一个公司的掌柜，就是一个大报馆的司理，不是吗——你看我猜的对不对呀？

这就是林昆湖所碰的第三重壁，所以会碰到这第三重壁者，是因为他已经真的发了狂，把这个来客过于理想化了，——怎样是理想化呢？那就是说：如果一只驴子会变成了一个银行里的书记，而一个杂货店的老板会变成了一个公司的掌柜的时候，那表现于这个高度的买卖中的值钱，是怎样地令人眼眯的呢！

这使那老头子听得头晕耳濛，以为入了一个大大的骗局，而这里所受的损失，将不减于两个人从汕尾到香港往返的船费。他为着急于图谋解救，竟然用了一个毫无分寸的粗鄙的方法，把所有的事情弄得去头截尾，一拉而断，

——喔，我怎么会走进这里来的呢？我一定找错了地点，对的呀，那地点从这里走去恐怕还很远——冒昧冒昧，我实在糊涂得很！……对不起，再会，先生……

林老师所有的计划都没有弄得成，不言而喻，那收容所里的"驴子"还是"驴子"，没有法子叫它们"变"，而"黄金"和"绫罗"，终于还是不曾落到自己的手里来。

---

[1] 抓立：驾升降机。

[2] 火柜：轮船里的锅炉工。

这其间，那收容所里的二十九个，他们所过的日子正也有点奇特。自从给关进了这个收容所之后，一天两顿的稀饭，……这稀饭是老头子出钱叫人家烧的，因为收容所里面没有设备炉灶，又恐怕失火，——烧稀饭的人为着要多揩一点油，尽量把米减少，有时候简直没有米粒，只有清淡淡的水，上面浮着好几块山薯，饱不了肚子。——快到夏天的时候了，太阳的烈焰在那薄薄的蔗叶篷上直晒着，这么的一个"篷子厂"[1]地方又窄，人又多，——热，郁闷，衰颓，乏力，饥饿，——而且渴呵，这里是一点水也没有！他们做了俘虏了，起先是给捆缚着来的，现在又受了囚禁，休说逃走，就是把头稍为伸出门口去望一望也失去了自由，……有许多以前在小鹿耳山麓的墓地那边给赶散了的灾民们，为着找寻他们的亲人，曾经走到罗冈村来探问，地保陈百川指挥着凶猛的罗冈村人，一个一个的把他们抓下了，请他们也进收容所里去：

——狗子，我们救济你呵！他们嚷着说；进了收容所，你们就可以不用在外面流落了！

"篷厂子"依然是那么大，人是一天天的多了来，挤得几乎大家只有站立着，连坐卧的地方也没有，计算起来，已经增加到四十六个的人数。地保陈百川，他带领着二十多名的壮汉，拿着木棍，梭标，无日无夜地在这里轮流看守，他们小心地，严密地，无微不至地尽着看守的责任，不惜费了所有的精力和聪明……

——这些土匪，驯良的时候是羊，一反起来，就要变得比馋狗还要凶些，我们要特别注意才好，他们刚刚一举手，我们就要毫不容情地把他们打落下去！你看他们的心里在打算着反抗我们没有呢？在打算着逃走没有呢？他们不是总是想要出来吗？那末，都不是没有原因的吧。你看呀，这个狗子，又在门口伸出头来了！

——他的眼睛多利害！望天，望那边的路口，还要望这边的树林，他的心里在想着一些什么？——逃走吗？向那边的路口逃？还是向这边

---

[1] 篷子厂：指上文用杉木柱、篾片子、蔗叶搭建起来的灾民收容所。

的树林里逃？

——俗语说，"捉一只麻雀儿，也要用着擒虎的力。""死了的老虎，也要当作活的来抵敌它。"一个有计谋的曾经当过兵的中年人这样说了，我们假定这家伙是一个兵，普通的兵还没有什么，如果是一个尖兵，或者一个战斗兵，那又怎样呢？做了一个战斗兵，他的眼睛可就曲折极了：他的眼睛一和一处树林接触的时候，心里就想，如果我到了那树林子里，我又怎样把自己藏得好好地，把敌人消灭呢？他的眼睛一和一个小山阜接触的时候，心里就想，如果我到了那小山阜的上面，我又怎样把自己藏得好好地，把敌人消灭呢？他的眼睛一和一条小河流接触的时候，心里就想，如果我到了那小河边，我又怎样把自己藏得好好地，把敌人消灭呢？所以凡是一个人，偶然看到他在那里东张张西望望，你不要以为他的心里就完全没有别的想头，我们以前军营里有一个参谋，他的眼睛是更加利害了，他登上了一个高高的山头，眼睛单单望到了一架白坟子，就把武平县全县的地图都给画起来了。

他们这样严密地把他们看守着，不曾让他们走脱了半个。

——臭呀！……在田径上用木棍当作凳子板坐着的一个汉子，开始这样叫。

一点风也没有，"西照日"的烈焰还在四处留着残余的威力，把收容所附近——这一幅撒满着粪溺的泥土蒸发得化成了一种秽浊的气体，一阵阵的升腾起来。——一点星儿也没有。天上盖着黑云，快要下雨的样子。蚊子嗡嗡的叫着，雨点般的飞舞着。钻粪堆的黑甲虫拨动着臭的翅膀，用那飞机般的轨拉轨拉的声音压倒了一切，狂热地胜利地在低空里飞旋……

忽然，他听见了一声咳嗽，侧着耳朵审察了一下，是一个女人——一想到女人，他便记起了那白的胸脯……在什么地方看到的呀？那胸脯似乎是干瘪的，像一束给小孩子擦屁股的破布……他不知不觉的从田径上站了起来，木棍子让它放在那边，顺着那咳嗽的声音走，这咳嗽消失得好久了，却还是清楚地，并且几乎是温暖地在他的耳管里震荡着，简直痒得很，——他忘记了这泥土的秽臭，俯着上身，低着眼睛向前窥望，如果天上还有星儿，用这明亮的星空作着反衬，立刻就可以看出那突出在地面的黑影，……这方向没有弄错，有一种鲜明的声音发出了，如果盲目地再又踏前了一步，就要立刻把一个人压坏，——

——谁呀？这里有人……

这声音很低，正是一个女人。他想不到这里有一个婊子，她的声音竟是这样的娇嫩，难道他在这里日日夜夜的巡逻了那么久，一副眼睛是这样的蠢笨，不曾看出那"篷厂子"的里面，还躲着这么的一个人，——他踏前了一步，摸到了她的头发，呵，这头发是那么蓬松！……于是她的脸，她的臂膊，……但是这家伙可太令人胆寒了，一点也不能把她放松，她竟然像一条毒蛇似的在挣扎着；他用尽了全身的气力，背脊出了汗，还不曾把她制服下来，如果他的手不能这样很快地而且很出力地扼住了她的喉头，那末让她没命地一叫……

过了好久了。

他用嘴巴挨紧着她的耳朵低声地说，

——你的手……噢，这硬的土块啦！

她只管默默地，没有一声答语，而他是自始至终都不曾放松过把她的喉头紧紧地扼制着的手——

他轻轻地叹息着，又低声地对她说，

——明天呀，梅冷镇，有下酒的红蟹，——喂，你的手……动呀，要抓紧了我的腰！

但是这当儿，他猛然地给惊住了。——他觉察了她左右摊开着的两只手变得很嫩，胸脯的跳动也已经停止，而鼻孔里是老早就断了气，——他吓得混身颤抖，——如今要把她背着走，沉重得很呀，是从也不曾触摸过的沉重的物体……

太阳伸展着可怕的烈焰，把大幕煎炙得变成了薄薄而蓝色的膜，这是到临了绝灭的最后一刻。再过了这一刻，那薄薄而蓝色的膜，就要像受不起些微压力的玻璃似的，突然地碎裂下来！——热，郁闷，衰颓，乏力，饥饿——而且渴呵！这里是一点水也没有！小孩子无休止地号哭着，许多人都病倒下来了，——晕蒙，神经错乱，喘息和呻吟，热度的升高，幻梦之影的臃肿和胀大，——

——土匪！……强盗！……他们在杀人呀！

在这些积尸一样的人堆里，有谁睁开着惺忪的眼睛在作着梦呓，

——嗐，这样的呀，——这孩子的妈妈昨晚一出去就没有回来，你知道吗？

——热呀，你摸一摸我的面孔，发烧得很吧？

——渴——要命，一点水也没有……

——她跑到哪里去了呢？夜里外面来了老虎吧？

小孩子哭得更利害了，他虽然有一两岁光景的大，可是太瘦弱了，满脸的青根，前额的顶上，直到现在还像初出世的时候一样，一凹一凹地在跳着，哭起来，嘴是向左边歪过去，声音倒还是洪亮得很。

——这孩子的妈妈到底哪里去了呀？

——我实在担心！这样的事，我一点也不清楚！

——她不是自己偷偷的逃了？

——见鬼！小孩子不要了吗？

满"篷厂子"的人们都嘈起来了，一直嘈了整半天，这杂乱的声音已经传出了外面。

那最初觉察了里面的骚乱的情形的，是一个瘦小的汉子，这汉子——从石级上跳下来，对于一种声音的听取，乃至所有一切的动作都显得非常锐敏而且精警。平时，他和那些担任巡逻的人们一起，没有什么特点可以从他们之中分别出来，没有像今天一样，似乎一举一动都很可注意。他气汹汹地闯进了那"篷子厂"的门口，吼叫着，

——你们还再吵吗？我不准你们吵！连说话也不准！

这声音像雷响一般，把里面的嘈嚷声低低地压服下去。整个"篷厂

子"的人们都肃静起来了，——连那号哭着的小孩子。

——哼，你们两个人还在交头接语，你们在说些什么？静着，不准再说！再说，我就用棍子打断你们的牙齿！

喝着，把一个烂鼻子的揪了下来，在他的背上一连使下了不少的棍子。

人们我看你，你看我，只睁着眼，……里面有三个男子一齐跳出来了，他们的眼睛发着火，坚决地紧闭着嘴，而冲激着的怒气却使鼻管起着掀动，他们不声不响地把那罗冈村人抓了下来，叫他迅速地向着最深的水底往下沉没，用了暴风雨的姿态，在他的头上大施冰雹。

全"篷厂子"的人们都涌动起来了，几十个人一样地紧张着，瘦黄的脸变成了青蓝，但是一声也不叫喊，只有搏斗的声音，把地面都震撼了，"篷厂子"也格格的响。

然而这紧张的场面突然地给惊破下来，十几个担任看守的汉子们走来了，他们带着暴烈地向着羊群直奔的豺狼的气势，用木棍，用梭标的柄，急切地毫不假贷地把当头碰着的每一个灾民制服下来。

——他们反了！……反了！……

他们发狂了似的咆哮着。

另外，地保陈百川拿一条鞭子在指挥着，

——你们有五个人处置他们就够了！——嗖，狗子们：散开点吧！要把全个收容所都包围着，……

——快点，给我一条麻绳！我要捆缚了她，叫她一点不能动弹！一个担任看守的汉子把一个女人踩在脚底下，用木棍的端末猛力地撞击着她的胸脯，但是还不满足似的，要把她抛掉了，去奔就第二个目的物。

有三个担任看守的汉子，把一个高大的家伙从收容所的门口抓出来，缚在牛棚里的木柱上，反剪着手，把他的破烂的上衣剥开了，一只一只的数着他的肋骨，用一柄稍为短些的木棍子，在他的第三只肋骨至第五只肋骨之间拼命地使用气力……

但是这里的情形是日趋复杂，几乎一个不留神，就要发生了新的突变，——村子里的人们都哄动起来了：在西南角的小河那边，不知是谁家的人死了，有一具女尸被发现，——

有人把这消息告诉了陈浩然那老头子，对于这样的奇奇突突的事情，老头子要怎样决断好呢？万一发生了什么案件，这里距那小河还不到半里远，恐怕免不了要受到多少牵累的吧，——那末只好叫人到梅冷去请林老师了，如果没有他，什么都不好办，——

……老林所有的一切计划都遭了残酷的打击，"特种人工供应所"的广告所起的作用也不过如此，——日子一天天的延长下去，那贴在壁上的"联红纸"，在火一样的阳光的煎炙之下要变成焦黑了吧，要一片片的剥落了吧，……他失望极了，只是关在那黑灰色的屋子里叹息着。

但是时候到了，"特种人工供应所"的广告，不晓得是在什么地方出现的一张，它引动了一个人的注意，并且指示了他的方向，叫他一直走到老林的家里来。

他曲着指头，"剥剥"的敲着门板。

过了一会，里面发出了一声咳嗽，却又静寂下去了，没有别的回应。

这人一点也不暴躁，并不急急地自己去推开那门子，或者一下子忿怒起来了，什么都不管，回头就走。他很有耐心，其实对于他正也非有这种耐心不可，找一个不曾找过的地点，或者会一个不曾会过的人，即使因为耗费的精力太多，已经到了困苦颠连的地步，甚至把意志力完全折磨了也好，在这极度的暴躁和忿怒中，总得保持着三分的悠然自得的气度，不要使样子失了常态，不然，等一等，当这个人忽然让你会见了，又是非常客气地把你款待着的当儿，如果你还是带着一张难看的面孔，甚至要对他复仇的样子，——凡是这样的客人，在主人那边，没有问题，大概总不会得到一点同情的吧。当然这个人，智识又丰富，阅历又深远，可以放心，他不会连这一点也不顾及，——他平心静气地再又把门板敲了一下之后，没有回应，就低声地，用嘴巴挨着那门缝边轻轻的叫，

——开门呀！静庵先生在家吗？……对不起！

"静庵"先生正在里面作着午睡。——自从那天碰到了那个"公司里

的掌柜"之后，这黑灰色的屋子就断了生客的足迹，门庭是冷落得很，过去热烘烘地盘旋在脑子里的一切，恐怕正也在这些日子中发了坏，现在一听见那生疏的敲门声，心里一阵震荡，他一翻身，从床上跳起来，刚才是和衣而睡，现在用不着穿衣服，不会麻烦，这一跳的气势直到把门子开开之后还可以充分地保持着，——他于是气汹汹地对来客喝问，

——你是谁？

但是，一睁开那惺忪的眼，就觉得有点吃惊，——这个人又高又大，戴着白的草帽，穿着白的皮鞋，衣服也是白的，全套的洋服。

——你到我这边来，究竟是怀着什么居心？告诉你呀，你这个威武勇猛的家伙，凡事总要放松三分，不要一味儿老是敲诈别人！

他刚才那一声气汹汹的喝问显然是太"过火"了，这正是"过火"的好处，——对于一个人，有时候如果不采取一种居高临下的绝对轻蔑的态度，两间的平衡就无从确立，而"交道"也终于没法子"打"成。

那威武勇猛的家伙于是鞠躬，点头，满口的对不起。把"俯首贴服"当作"谦恭礼让"的态度来待人，也并不是一种羞辱；社会上地位高一点的人们就惯用这个派头，当然也无需乎多所惊怪。

这样主客两间都觉得非常调协，老林发言的态度也把握得很准，——这些都是使一件事成功的不可少的条件，而且这黑灰色的房子，似乎也要比平时来得光亮些，……对于这个时派[1]的客人，当然这光亮还是弱得很，——这屋子里的难闻的气味，很足以使人把以前所有到过的地方都一一的追忆起来，菲律宾？沙劳越？西贡？马来亚？要找到一种气味可以和这气味互相配合就不大容易，不过这有什么呢，反正凡是到过了远方的人，对于无论什么，总会无条件地加以爱悦或重视。

——请问，先生，你今天到敝舍来，有什么指教，——老林郑重的问。

这客人是什么都不觉得奇怪，就是最初第一次碰见的东西，这在他

[1] 时派：时髦，时尚。

的认识上也有一个原则，——等一等，这最初第一次碰见的东西，就中也可以找出了一种不生疏的惯例；他也不希望主人会对他更加客气一点，不喝茶是好的，身边摸不到一张凳子，那末，就这样站立好一会也没有什么关系。

——Ha-ha！他用日本式的腔调回答；静庵先生在这里吗？对不起，静庵先生不就是你吗？

——正是！正是！

——很好！很好！……那末，先生所主持的"特种人工供应所"，这是怎样的呢？——嘎嘎，对不起，实在对不起！

老林心里想，

——兔子呵，你的奶奶的，……这是上一次的教训，我总不能为着要过分地自吹自擂之故，而同时也毫无条件地提高了你！

他于是对他反问着，

——先生，据你看，这个"特种人工供应所"能不能满足你的要求？喔，不错，我第一首先应该问你，先生如果有什么事情要我们帮忙的话，那到底是属于什么性质的呢？

——是的呀，他爽快地回答，似乎刚才正被一种无谓的客套所纠缠，以致所有的意见都不能畅达地发表出来，现在他不能不紧紧的抓住了，这正是一个可以自由发挥的机会；我呢，是留学日本的一个医生，在东京帝国大学医科毕业，又在御茶的水顺天堂医院见习了两年，现在无论什么——所有一切的奇病异症，一到了我的手，都可以随便处理。不过我又变更了方针，和一个台湾人到你们海隆县来采集标本，这当然和生物学的原理的证实上有关，——但是这个台湾人中途走了，所以我到这里来请求先生帮忙，未知先生能不能答应这个要求？——这里有一点要向先生声明，就是我所努力的还是限定在人体学这一部门，和普通的生物学并没有什么大的关连。

老林的耳管突然给塞进了这么多的东西，简直有点纷乱，不过他觉得这样的事情也很奇特，——他就是不能帮他的忙，但是为着要和这样的人物做做朋友，正也应该和他多谈一些话，……

——先生，这实在很好，可是这"标本"到底从什么地方找得来？怎样的找？

那医生突然走近了老林的身边，似乎显示着，

——这就是一种阴谋了，喂，傻子，难道你还不知道？他于是低声地说，

——这个标本，是人体的"骨骼标本"，如果你有法子替我找到了死人的尸体，就容易办了，——不过，这尸体从什么地方找来，我可以完全不管，就连这尸体所引起的一切案件，在法律上也要绝对地由你负责，我们所定的条件就是这样。那末你开一个价目给我吧，每具尸体要多少钱？

对于那医生的这种单刀直入的话，老林几乎是拍手欢迎着说，

你说得真痛快，你再多说一点吧！

他于是把这个价目牢牢的抓住了，迅急地把这个价目思量了一番，

——就定为三十元吧，但是当他快要说出口来的时候，心里又来了一种疑虑，——我会不会太吃了他的亏呀？这样再加上二十元，变成了五十元；但是当他快要说出口来的时候，心里的疑虑又来了，——我难道对这个人多敲一些竹杠的本领也没有吗？这样再加上十元，变成了六十元。

——六十元，——就六十元好了！

不想这六十元——在他以为已经敲了竹杠的价目也得到了那医生满口的答应，他觉得这一切都幻梦得很，碰到了这样的事，他简直要神经错乱起来，原有一切的平衡，都已经给破坏得干干净净，……正当这危急的当儿，福禄轩那老头子派来传话的人——鬼知道为什么这样凑巧呵！——就踏进了门口来。

他什么都得救了，因为有一个严重的难题恰恰得了最确当的回复，……

——这的确是一个天赐的机缘呵！他暗自地叫着，连我自己也不明

白到底是交了什么运道！

　　这个传话的人给老林打发回去之后，——老林带着那医生随即也赶到罗冈村去了。这中间没有经过别的转折，只是那医生，他不能不请这"特种人工供应所"的主人等一等，因为他还有一个很大的皮包必须携带着走。

　　——林老师，你很久不曾到我们这边来了。老头子说：现在事情很不好，这些——大概你都已经知道了吧，……

　　老头子所说的"事情"，不但是指的那小河里的女尸的被发现，其中还包含了别的一件，就是，从收容所里的灾民口中传出来的消息，有一个女人突然逃走了，那已经是很早的事，而担任看守的人，却还没有一个知道。

　　林老师匆忙得很，雨伞在手里还没有放下，黄葛的长袍子紧贴着那弯曲的背脊，湿漉漉地流着满身的汗，他一面要找出一句最简单最直截的话来回答那老头子，叫他不要再在那里唠唠叨叨，一面又要关照那医生，——他于是回头对那医生作了一个眼色，似乎叫他也进里面来歇息一下子吧，而那医生却老是站在门口，并且显得很焦急的样子，几乎要对他催迫着，叫他什么都可以不必理了，只要赶快带他到所要到的地方，——

　　林老师现在简直没有空暇去和老头子作那无谓的应酬，他只能这样带喝带骂似的哼了一声，

　　——你看着我做吧！我请你静下来，在床上歇一歇怎么样？

　　老头子不了解，为什么今天林老师的态度会突然地变得这样，而他带来的那穿洋服的家伙又是怎样的人物呢？还有那个大大的皮包，……

　　老头子还想对他多说一点话，但是他带着那穿洋服的家伙出门去了，由地保陈百川作着向导，——这其间，村子里的人们都拥出来了，他们对于这样的情形，是疑异——然而又不能不立即加以承认，一切的事实是这样的像一个铁盒子似的牢不可破，而里面是装了些什么？——要是

如此等于如此之外还有别的东西存在，那就是一个不可解的谜！

——那末一切都由你一个人去处理好了，我有什么成见呢？……不过，那个女人，到底是已经逃了出去了，会不会去控告就不得而知！……

看热闹的人们越来越多了，在福禄轩的门口充塞着，——

有一个瘦小的汉子，对老头子这样说，

——那（女人逃走了的事）是谣言呀！有什么证据呢？……至于小河里的死尸，那又是另外的一件事！

——如果真的像你这样说，那就好了，刚才林老师来了，还带来了一个人，不知是那里来的官员，大概是一个验尸官，我看他有一点……要去验尸的模样！

——他是一个验尸官吗？

——那还消说，他不是验尸官是什么！这是靠得住的，我曾经看过许多杀人的案子，这样的验了尸，都把案子破了！……唉，我委实不晓得林老师所开的到底是什么方子！要证明收容所里的灾民是不是会减少了一个，那只消把他们点算一下就得了，——收容所里到底有多少灾民，不是大家都知道的吗？……

在这里，事实的最重要的关键是：首先第一，收容所里是不是真的有一个女人失踪，是可以有法子证明的，而这个失踪的女人是不是和那小河里的死尸有关，那还是其次的事，……

那汉子的影儿于是在老头子的面前一闪，又混失在那混乱杂遝的人堆里去了，——人堆里起初还很安静，许多人默默地在看，谁都不声不响。一下子林老师带着那穿洋服的高个子走了，他们似乎就无所禁忌起来，只管嘈杂地在嚷——地保陈百川发着命令，叫他的伙伴们要把收容所看守得更严密些，……他们现在要到小河那边去了，那些看热闹的人们是一个也不准在他们的背后跟着走。

好久没有下雨了，那小河，现在正是干涸了的时候。河底的石头给太阳晒得发白，只有河心里开开一条小小的沟渠，一丝丝的流水，荡着最微弱的波纹，发着最低的音响，——那具被抛进了河里来的女尸，正在这小沟渠的岸边直躺着，——还不曾走近她的身边，就闻到了一阵阵扑鼻而来的恶臭。她的头发散乱。突出了的双眼，像两颗玻璃珠子，呈着蓝色，在猛烈的阳光下发射着令人震栗的微弱而死凝的光焰，上身的一件破烂的黑布衫，像缚在瓷器上以便于操提的绳子似的，在她的颈上捆缚着，几乎卷成了一团，下身的裤子已经脱落了一半，那黑灰色的肚皮高高的肿胀着。缚得紧紧的裤带子是陷进肉里去了，看不见，只显着一条深深的横的小缝。无数的苍蝇，在出着油腻的地方，像皮鼓上的铁钉儿似的一颗颗牢固地在钉着，……

医生开开了他的大皮袋，拿出了一大瓶的药水，洒在尸体的上面，这药水有着非常浓烈的亚摩尼亚一样的气味，掩盖了从那尸体发出的恶臭，——他穿上了一件绿色的橡皮的吊褂子，像一个临着刀砧的屠夫，那大皮袋里还放了一个箱子，箱子里装满着制造"人体骨骼标本"的利器，这利器，有着说不清的非常复杂的式样，单单把那尸体的头盖上的皮肉剥掉，一共就不知更换了多少次，而每一次所更换的都各有不同的式样，却是一样的锋利，几乎是切萝卜似的，一来一往，都显得分外的快捷而且简便，刀梢一碰着骨头的时候就瑟瑟的发响，……陈百川在北边的河岸上望风，东奔西走的在制止看热闹的人们的接近，老林则当起医生的助手来了，他目眩神晕，像坠入了催眠术似的，无生命地听从着医生的使唤，而且做得很紧张，很出力，——医生的刀，医生的手，医生的无表情的表情，现在是具体地表现了最洗炼最精彩的一面，那是一点也不着慌，不纷乱；所有的动作都一一的配上了适度的轻重和分寸，比之书本上所写的还要有条不紊，整整有条，……老林在旁站立着，如果还有一条灵魂是属于他自己所有的话，那末他真要把这最末的一条灵魂也打发出去了，——这医生的敏捷，精警的手腕，是怎样的令他拜服而且惊叹！

这样不到两个钟头的工夫，那臃肿秽臭的尸体，已经变成了一架白皑皑的骨骼，这骨骼现在给分成了许多零件，从大皮袋里取出了一大捆的棉花，用棉花包扎着，再又一件件按照着次序装进那大皮袋里去。——

这里还有一把活动的小铁铲，现就是这小铁铲要使用的时候了，——医生使唤着老林，

——在这边挖一个窟窿吧！

老林依照着做了。铲子很好，他的手也够力，好容易把一个窟窿挖成了，于是那再来的工作是，

——把这些挖出来的肉都埋进去吧！要埋得干干净净，外面看不出一点什么来！

这其间，医生清洁了所有的用具，洗了手，……于是这最后的工作就轮到了地保陈百川的身上，

——现在可以下来了！……这大皮袋不能装得太多，把那木箱分了出来，对不起；请你帮我拿吧！

地保陈百川当这些箱子是什么！他双手拿两个。

太阳早就下山了，夜幕慢慢地覆盖下来，——他们回到福禄轩来，已经是上了灯火的时候。

看热闹的人们都散回去了，福禄轩的门口虽然还有几个人停着，在蠢笨地作着反复互换的探询，但是大概都得不到什么要领。天黑了，又看不清楚。一下子林老师带着同来的人回去了，这些都非常飘忽，——地保陈百川在找一个人替他们挑箱子，为着等待这个挑箱子的人，他们在福禄轩停留的时间还不到五分钟之久。

他们走后，在福禄轩的暗淡的灯光下，地保陈百川对陈浩然那老头子问：

——你知道林老师今天起的什么主意呢？

——我实在一点也不知道。老头子回答。

他随即对地保陈百川问：

——他们今天在那小河边究竟干的什么事？

地保陈百川于是把自己看到的情形告诉了他一点，那却是怪异极了，简直是不可思议的一回事。

——关于那个死尸的事，我们暂且不管吧，我呢，是一点成见也没

有……不过，那女人却到底逃走了，如果她真的跑到什么地方去控告去……唉……（他沮丧地摇着脖子）也就无可如何！——有人又说是谣言，这到底是怎么一回事呀？我这几天在夜里总是睡不着，饭量也减了一大半，脑袋，是痛得劈劈的响，如果我把这些情形写一封信给国宣的话，我看，……

这其间，福禄轩的门口，有一个瘦小的黑影在徘徊着，有时又把身子紧贴着墙壁，隐匿了，也可以说，他自始至终是这样的严守着自己，从也不曾用清晰的面孔在人们的面前出现；这里显然有一种不能放手的企图，他要采取着一种断然的手法，激起了惊人的突变……天上的星儿是一点也没有，这又是一个作恶的天气，大概明天就要下雨了——明天……

突然，在"篷厂子"那边，有一种怪异的声音响了。——隐隐地，似乎有什么人遇到了严重的灾害，他们正撕破了喉咙在叫喊，这喊声不久就沉寂下去，而这里正发动了一种震撼一切的狂烈的音响，

——火！……火！……

——救命呀！……救命呀！……

随着这喊声的升高，黑空里迸出了一阵令人眼眯的浓烟，这浓烟，夹带着攫夺一切，威吓一切的烈焰——

——虎呜——虎呜——

——救命呀！……救命呀！……

老头子从福禄轩的门口踉跄地走了出来，像白天里出现的一只小耗子，挺着耳朵，眨着眼睛，要在千分之一秒钟的时间里把所有的一切都听，把所有的一切都看，——但是他的神经似乎有些错乱，竟然发狂地叫着，忽而又好像清醒过来了，他放低了叫的声音，凝视着那咆哮起来的火，他要平心静气地对着那火的烈焰发问，但是火的烈焰却用了凶恶残暴的全貌喝退了他，叫他只好衰颓地把背脊屈曲起来，蠢笨地瞪着双眼。他昏了过去，——一到稍为清醒过来的时候，就像泥土里的可怜的昆虫似的，发出了低微的声音在叫着，

——百川！……百川！……

仿佛是说，

——百川！这又是你错了，百川！……

但是地保不知哪里去，他的影子老早就已经不见。

全村子的人们都出动了，——还有各家所有的木桶，不过到外面的小河边去汲水是来不及的，那末倾尽了水缸里所有的水吧，……火势是太凶狂了，简直是从地上喷了出来的一样，——汉子们在火光里卑怯地跳跃着，蠢笨地嘈嚷着，火的烈焰好像驱骡人的手里执着的一条恶毒的鞭子，无情地发着威吓的命令，——又好像一支扫笆，把一些救火的人们扫过这边，又扫过那边，要把火扑灭，那实在只有徒然，……

现在，这里是一堆堆的焦黑的尸骸在留存着。灰末，腾着烟的熟了的肠子，焦炭一样的骨头，……数不清那被难的人数，也忘记了以前在收容所里"收容"着的灾民究竟有多少！

——慈善家，陈浩然那老头子的心地是软弱得很，他实在经不起这个震人魂魄的灾难，——不过，凡是有慈善家的世界，就不能没有灾难；这里正有一件令人感动的事应该做：再拨一点款子下来吧，就是三堆黑骨头共一口棺木，也得把它们好好地埋葬！

王凌岗的小战斗

——二十八年九月二十二日独立支队战斗报告

写了一篇简单的报告书给刘主任，队伍刚刚从镇江行动过来，有些疲劳，决定一个上午的休息，我偷一点空到庄湖头去找一位农民同志，他好几次碰到我，说准备了一双鞋子给我，无论如何要我到他家里去坐坐。这回宿营地距庄湖头只半里，再不去就恐怕没有机会了。这是二十二日的早上，因为农民同志太客气，留了我吃芋头，在他的家里花了一个半钟点，回到团部来是九点一刻，这时候还没有什么情况，接到王凌岗桥发现敌人的报告是九点三十分的事。

在从庄湖头回来的路上，碰到一位通讯站的通讯员，他是从王凌岗那方面来的，他告诉我，黄土庄的一位农民同志托他带信给我，无论如何要我到他家里坐坐，这里的农民同志大概总是这个样子，他并没有告诉我王凌岗桥发现了敌人。

忽然一阵骡子的痛苦的叫喊，接着是骡和马打起来的声音，小鬼们也乱叫乱喊起来，原来是独立支队的支队长来了。支队长的马和王主任的骡子打起来，骡子爬在马背上，咬住了马的颈项，马不能抵抗，突着双眼，只得惶急地驮着那骡子团团的乱转。两个饲养员气得乱跳乱叫，我们许多旁观的人一面觉得有些惊险，一面哈哈的大笑起来，花了半天的工夫好容易才把骡子和马分开来。人群也慢慢散开，嘴里说的骡子、马的故事，耳朵里听的也是骡子、马的故事。陈×同志，那个胖子又趁着机会夸耀起他的骡子来，什么双耳是直竖的，脚蹄子又像个什么，群众纪律又好，从来不吃老百姓的稻田，而且不打架子，句容南乡的一位王先生曾经出八十块钱要买他的骡子云云。这样哄笑了好久，我们才把注意力集中到今日的情况，问清了王凌岗桥方面发现的敌人。

据说王凌岗桥方面的敌人是来自宝堰的，人数约一百多，昨夜到了东和，今早天未亮从东和南下到达王凌岗桥，还有来自丹阳的两百多，到达香草的时候分成两路，一路沿香草河南下，一路向柳茹方面进袭。这时候延陵方面还没有什么消息，延陵方面发现敌人还在三十分钟以后。独立支队的驻地就靠近王凌岗桥，已经干起来了，鬼子的重机关枪和小钢炮的吼声都听见了，独立支队的炊事班、文书、小鬼，这个不参加战斗的小队伍已经随支队长开到我们团部这边来。段团长下了命令，叫×连向柳茹方面警戒，×连掩护非战斗队伍到北冈，×连在团部近侧待命，各连部都准备着战斗。

我们看了×连的阵地，回到宿营地左前方的高墩上来，清楚地望见五里外彪塘方面的小山上敌人的哨岗，正在和柳茹方面的敌人作旗语。延陵街上的屋顶也竖起太阳旗来了，他们是来自直溪桥和珥陵的。这是一个很小的土墩，上面有很久以前做好了的工事，二连长、连副、刘营长、杨副营长，还有段团长、王主任、团部的通信员都在这里，几乎把一个土墩全挤满了。段团长拿着镜子在观察延陵方面的情况，一句话也不说，对于营长、副营长、通讯员的报告都不发出任何的诘问。柳茹方面的老百姓像潮水似的往东跑，香草河畔的枪声时而紧张，时而缓和，从独立支队方面来的通讯员不断的报告王凌岗方面的战况，敌人此刻还是被阻遏在桥的东边，他们受了独立支队的麻雀战术的攻击，竟至放弃了过河向北冈方面包抄我们后路的意图，终于来自宝堰的那一路也开到柳茹方面和香草河东岸的敌人作了汇合，于是战斗的重心显然要移向×连以及团部附近的阵地上来了。

这已经是上午十一点时分了，猛烈的太阳把我们晒得满头是汗，准备战斗的预备队一小队一小队的疏散在柳树丛下。×××的指导员陈×同志，那个胖子，白色的草帽挂在背上，满面通红，他离开了他的骡子，像离开了爱人似的没精打采起来。他养骡子到现在不晓得有多少时候，但关于骡子的知识他比任何人都要丰富些，每每看到他有意无意的动员了很多的人集中到他骡子的周围，比脚划手的评论，自己站在旁边很满意的倾听着，结果把这些人所发挥的伟论都总结起来，作为自己的知识，教别的人怎样来赏识自己的骡子。当他骑着骡子跑在我的前头的时候，他总爱对我这样说："东平，跑快一点呀！"一离开了他的骡子就落在我的后面，这时候一面走一面自言自语着："我是游击战争出身的，我过去一天至少要跑一百二十里。"

我和陈胖子一道，总要找点时间说笑话，哪怕是情况最紧张的时候。半个钟头之后得到报告，延陵方面的敌人正在向西移动，有进占九里、对我们形成总包围的企图。于是段团长叫刘营长带了一班人到九里镇去占领阵地。王主任，陈胖子和我们都随着这一个班来到九里。

我们预备在九里给敌人碰一个大钉子，叫他们向庄湖头方面图谋进取，以陷入我们×连的火网。在九里东面的洋桥边，我们布置了一个非常漂亮的伏击。独立支队在王凌岗和敌人整整开了半天的火，陈同志那胖子叹息着：

"怎么搅的，我们的游击战变成阵地战了，这还要得吗？"

现在他来参加这个伏击的布置，自觉特别满意。我们的嘴里念着战术的三原则四特性，此刻正要来发扬这伏击性的时候。

我曾经在延陵九里一带工作了半年的时间，现在用自己很熟悉的九里镇作为和敌人战斗的场所，我十二分表示欢迎。我们在河边的高墩上，用镜子向延陵的来路窥望，只见一片金黄色的稻田，看不到敌人的半个影子，使我们松懈起来，竟有人提议到街上坐坐茶馆再说。街上挤满了人，要从街上通过都不容易，但我们的影子在街上出现之后，他们觉悟到战争迫在眉睫，转眼间所有的商店都关起来，一大半的人都自动的疏散到九仙和大路头方面去了。

一个机关枪架在一个长着高粱的小小的土墩上，对正着那高高的洋桥。战斗斥候报告从延陵来的敌人已近在半里外，他们走的规规矩矩的一路纵队。蒋庄方面的洋桥上，段团长带领的二个班正在过桥，无形中作了一个很好的配合，望九里进袭的敌人只望着蒋庄洋桥上的队伍，而且开始跑步了。意思是和段团长的两个班争夺九里的阵地，看那个先到九里。

指导员王孝凤同志，那年轻而漂亮的浙江人低声地这样叫："敌人就在前面了，机关枪要对准着洋桥，……"

"射击要准呵，枪一响无论如何要着他们从桥上往河里滚！"副连长这样叫。

那机关枪的射击手开始了对洋桥作瞄准，他是一个老于开机关枪的班长，长的个子在那疏落的高粱和机关枪构成一条直线，机关枪在他的手里像一只预备猛扑的狰狞凶恶的狗，然而十分的柔顺和驯服。

副连长大约因为对敌人的行列过度注视的缘故，把眼睛弄花了，他竟然神经质地提出一个令人迷惑的疑问：

"同志们，这到底是一个什么队伍？是东洋鬼子，还是我们的队伍？"

有个别同志的确为这疑问所松懈，甚至这样附和着：

"真的，不要发生误会呀，先派一个老百姓去看看去！"

"我，王主任。"陈同志那胖子这时同声的叫着。

"你们不要发疯，哪里来的自己的部队？把枪口对准，预备着放！坚决的放！"

然而战斗像一条绳子，当最紧张的时候竟突然中断。我们的背后来了一连的两个班的预备队，是从蒋庄方面来的，他们不明白我们在九里洋桥的部署，匆匆地赶来了，当敌人迫临桥下的时候，这个预备队竟在我们的侧方暴露了目标，完全破坏了我们的部署。

于是我们的伏击成为滑稽的计划。敌人停止下来，伏在对岸的河根底下，开始用掷弹筒向预备队施行攻击，而我们只好气得目瞪口呆，面面相觑。

掷弹筒猛烈吼叫，一阵阵的黑烟和尘土从我们的近边紧压着来，左侧方的预备队，已经在坟场上隐伏下来，高粱下的机关枪以三支步枪作掩护对着洋桥扼守，敌人再不过桥了，要把敌人一下歼灭已成为不可能了。

　　我和陈胖子离开了洋桥的阵地，走进了九里街上，遇到了刘营长，打算用一个排迂回到九里的南边，向北进击，使洋桥东边的敌人脱出死角，然后加以消灭。但为了警戒宝堰方面的敌人，抽不出这一个排。而洋桥东面的敌人已开始向原路撤退了。

　　这个战斗弄得我们脚痒手痒的，十分的不满足。

　　"妈的准备下次再打呵。"大家都这样说。

　　离开九里是太阳快要下山的时候。

1939 年 10 月 5 日

我认识了这样的敌人

——难民 W 女士的一段经历

一九三七年八月十一日起以后的三日中，上海的紧张局面似乎为了不能冲出最高点的顶点而陷入了痛苦、弛缓的状态。十一日午后半日之内，开入黄浦江内的敌舰有十四艘之多，什么由艮号，鬼怒号，名取号，川内号，报纸上登载着的消息说是现在停泊于上海的敌舰已经有三十多艘了，以后还要陆续开来。十一日晚上，又有三千多名的陆战队由汇山码头，黄浦码头先后登陆，显然是大战前夜的情势了。而我们却为了三次的搬家弄得头晕眼花，对这日渐明朗的局面反而认不清楚。我们，我的表姊，我的表姊的姑母，和我，三个人闲适地，毫不严重地搬到法租界金神父路群贤别墅的一位亲戚的家里来，也不带行李，好像过大节日的时候到亲戚的家里去闲逛似的，一点逃难的气味也没有。这是我们第一次的搬家。这位亲戚的家里已经给从闸北方面迁来的朋友挤得满满的了。我们连坐的地方也没有。那天晚上睡在很脏的地板上，一夜不曾入眠。第二天我们搬到麦琪路来，是用五块钱租得的一个又小又热的亭子间。住在这亭子间里还不到半天，不想我们的二房东为了贪得高价而勾上了一个新住客，吃了我们一块定钱，迫使我们立刻滚蛋。我和这位不要脸的房东吵了整整三个钟头。结果我们暂时迁入了虞洽卿路的一个小旅馆里，我的表姊的姑母已经不胜其疲困而患了剧烈的牙痛病。

这已经是十三日的早上了。

我们起得特别早。其实我三天来晚上都没有好睡，睡着了却又为纷乱、烦苦的恶梦所纠缠，没有好睡过，我厌恶这小旅馆，这小旅馆又脏又臭。天还没有亮，我就催我的表姊和那位老人家起床了。连日的疲困叫她们无灵魂地听从我的摆布。我叫了两辆黄包车，我和表姊坐一辆，姑母坐一辆。

姑母的牙痛似乎转好些了。她莫名其妙地问我：

"天亮了吗？"

我糊里糊涂地回答：

"天亮了，却下了大雾。"

这样我们匆匆地回到东宝兴路自己的家里来了，我们竟是盲目地投入那严重的火窝。

姑母年老了，她的牙痛病确实也太剧烈，回到家里，已经不能动弹。

表姊的丈夫是一个船员，还不到二十七岁就在海外病死了，她不幸做了一个年轻的寡妇。

在一间阴黯潮湿的楼下的客堂间里，表姊独自个默默地，不声不响地在弄早饭。姑母在那漆黑的楼梯脚的角落里躲着：也不呻吟，大概是睡着了。她们都变成了这么的灰暗，无生气的人物，仿佛任何时候都可以取消自己的存在，她们确实是有意地在躲避这种生的烦扰，正在迫切地要求着得到一点安宁。

同屋的人全搬走了，二楼，三楼，亭子间都已经空无所有。渐渐的我发觉我们整个弄堂的人都走光了，从那随便开着的玻璃窗望进去，都是空屋，平常这时候弄堂里正有洗马桶的声音，以及粪溺的臭气在喧腾，现在都归于沉寂。如果我听不到自己在地板上走的脚步声，我会疑心这里是一个死的荒冢。

我独自爬上了三楼的晒台上，接触到那蔚蓝，宽宏的天体，——从那庞大，复杂的市尘里升腾起来晕浊的烟幕，沉重地紧压着低空。从英租界、法租界发出的人物、车马的噪音隐隐地鼓荡着耳鼓。我轻松地叹了一口气，我知道上海还有一个繁华，热闹的世界，我觉得自己还是这可厌然而可爱的人世的近邻，我获得了我的自由，我应该不要求任何救助。

我竟然欢喜得突跳起来，因为我发见和我们相隔不过两幢屋的新建的红色的楼房上，我的朋友还在住着。

她名叫郑文，是我在复旦大学的一位同学。我不是大学生，却曾在复旦大学住过一下子。我在一九三五年加入了复旦大学的暑期班，选的学科是欧洲近百年史和英国文学，担任我们的功课的是那个像伤感女人一样时时颦蹙着脸的漂亮的余楠秋教授，考试的时候，我得了一个F。余楠秋教授在讲台上羞辱我说，我自从当教授到现在还没有见过一个学生得到F的云云，却不把我的名字宣布，似乎还特别地姑息我。我觉得很难为情，一个暑期还没有念完就自告退学了。郑文女士就是我在暑期班里的朋友。

她是一个湖南人，年轻而貌美，弄的北欧文学，对易卜生和托尔斯泰很有研究，有一种深沉、凛肃、聪慧的气质；绝不是平常所见的轻荡，浮华，嬉皮笑脸，整日里嘻嘻的笑不绝口的女友。她曾经秘密地作了不少的诗文，她的深刻，沉重的文字是我所爱读的。

她今年已经二十三岁了。她有着甜蜜，宁静，不受波折的恋爱生活，一个礼拜前正和她的满意的对手结了婚。她的对手是一个军官学校出身，后来离开了军队生活，从事实业活动的英俊的男子。他每月有一百八十元的收入，他们的小家庭是那样的快乐，新鲜。我从玻璃窗望见他们的华丽的客厅，电灯还在亮着。那高高的男子穿着黑绒的西装，梳亮着头发，默默地在那客厅里乱踱着，眼睛望着地板，两颊发出光泽，不时的随手在桌上拿了一本书翻了翻，显见得文弱，胆怯，不像一个军人。我越多看他一次越觉得他离开军队生活正有着他的充分的理由。我躲在晒台的墙头边，像一个侦探兵似的有计划的窥探着他。他的烦恼，沉郁的样子每每使我动起了怜悯。记得有一次，他带着他的新夫人和我到亚尔培路中央运动场去看回力球，在法租界的静寂的马路上，在无限柔媚的晚凉中，他左边伴郑文右边伴着我，我们手拉着手的走，他的温厚和蔼的态度在我的心中留上了异乎往常的新鲜的印象，我好像以前并不和他熟习，正在这一晚最初第一次遇见他一样。这一晚他很兴奋，回来的时候，在汽车里，他告诉我们他在军队里的许多新奇的故事，倚着我的身边剧烈地发出笑声，竟至露出了他的一副整齐得，美丽得无可比伦的牙齿。

表姊的早饭弄好了，我打算吃完早饭之后，就去找郑文，她们那边有许许多多的新消息，她们会使我的慌乱的情绪得到安静。我一看到她们就已经有很大的安慰了。我想，我为什么这样大惊小怪呢？郑文他们还没有走，闸北，虹口的恐慌局面全是我们中国市民的庸人自扰。

九点钟过去了，早饭还没有开始用，马路上突然传来了隐约的枪声。

我敏感地对表姊说：

"不好了，中国军和日本军开火了！"

表姊沉着脸，厨房里的工作使她衣服淋湿，烟灰满头，她也不回答，只是对我发出詈骂。硬说我怕死，又炫耀她在二十一岁守寡。

枪声又响了。

这回的枪声又近又密，但是瞬息之间，这枪声即为逃难的市民们惊慌的呼叫声所掩盖。

我非常着急，我不晓得我的表姊为什么要在这时候发我的脾气，使我再不能和她心同意合地商量出一个好办法，让我们立刻逃出这个危境。

我摇醒姑母，她冷冷地呼我的名字，只叫我安静些。我告诉她现在这危迫的情势，她决不发出任何意见，仿佛现实的场面和她的距离很远，而她却正在追寻自己的奇异的路程。

枪声更加猛烈了。小钢炮和手榴弹作着恶声的吼叫。而可怖的是我们近边的一座房子突然中弹倾倒，——起火的声音。

我抛开了碗和筷子，独自个走出门外，打算到郑文的家里去作个探问。当我从弄堂口绕道走过了第二个弄堂，向着一条狭巷冲入的时候，我发见从西宝兴路发出的机枪子弹，像奇异的蛇似的，构成了一条活跃的，恶毒的线，又像厉害的地雷虫似的使马路上的坚实的泥土洞穿，破碎，于是变成了一阵浓烈的烟尘，在背后紧紧地追蹑着我。

郑文的房子虽然距我们很近，却并不和我们同一个弄堂，从我们的家到她们那里，要兜了一个大大的圈子。

我不懂得我自己是从哪里来的勇敢，这确然是一种盲目的勇敢，叫我陷身在危境里面，而完全地失去了警觉的本能。突然望见三个全副武装的日本陆战队从我对面相距约莫五十米的巷子里走出，黑色的影子，手里的刺刀发出雪亮的闪光。我还以为他们是北四川路平常所见的日本陆战队，却不知他们像发疯似的起了大杀戮的冲动，已经在我们的和平的市区里发动了狂暴无耻的劫掠行为。

我慌忙地倒缩回来。表姊像一座菩萨似的独自个静默地在吃饭，姑母还没有起床。刚才的险景使我惧怕，然而同时也使我自尊。我不晓得这时候我的面孔变青变蓝，但是在我的表姊的面前半声也不响。

我迅急地走上了三楼的晒台，对淞沪铁路一带发出枪炮声的地区了望，发现天通庵至西宝兴路一带已经陷入了炮火的漩涡，有好几处的房子已经中弹起火，杂乱的枪炮声正向着远处蔓延着。

我的眼睛变得有点迷乱，那三个日本陆战队的影子永久在我的心中闪动着。我疑心我已经给他们瞧见了。仔细观察一下子，我们这里四周还是安然无事，至少我们的弄堂里还没发生任何突变。

附近的巷子里猛然发出了急激的敲门声，我下意识地把耳朵耸高，眼睛缩小，身子和晒台上的墙头靠紧。门声一阵猛烈一阵。我绝望地眼看自己零丁地、悲凉地活在这倏忽的、短暂的时间里面，在期待着最后一瞬的到临。

忍受着吧！忍受着吧！

我这样打发自己，却屡次从绝望中把自己救出，觉得自己置身其中的世界还是安然得很。这是那冗长的，不易挨熬的时间摆弄着我，过于锐敏的预感又叫我陷入无法救醒的蠢笨。

时间拖着长长的尾巴过去了，密集的枪炮声继续不断。我发见了一幅壮烈的，美丽的画景。中国人，赤手空拳的中国人用了不可持劫的义勇，用了坚强的意志和日本疯狗决斗的一幅壮烈的，美丽的画景。

可怕的突变的到临和我们锐敏的预感互相追逐。一阵猛烈的门板的破裂声响过之后，我清楚地听见，有三个人带着狂暴的皮靴声冲进郑文的屋里去。郑文怎样呢？我对自己发问着。而残酷的现实已经把我带进了险恶的梦境。

三个黑色的陆战队。

沉重的皮靴，雪亮的刺刀。

在那宁静的厅子里，我的朋友的丈夫，那高高的，文弱的南方人，和日本的三个全副武装的陆战队发生了惨烈的搏斗。这情景非常简单，那南方人最初就已经为他的劲敌所击倒了。但是他屡仆屡起，那穿着黑绒西装的影子在我的眼中突然地扩大，在极端短暂的倏忽的时间中我清楚地认识了他抵扰着脊梁，弯着两臂向他的劲敌猛扑的雄姿。三个日本陆战队和一个中国人，他们的黑色的影子在白昼的光亮里幻梦地浮荡着，他们紧紧地扭绞在一起，那南方人的勇猛的战斗行为毫无遗憾地叫他们的劲敌尽管在他的身上发挥强大的威力。最后他落在劲敌的手中，三个日本陆战队一同举起了他的残败的身体，从窗口摔下去，那张开着的玻璃窗愕然地发出惊讶。

我的灵魂随着那残败的躯体突然下坠，我不能再看这以后的场面了，我在晒台上晕迷了约莫二十分钟之久。

晚上，约莫七点光景，我们逃走了，我们开始了这个与死亡互相搏斗的艰险的行程。

走出了弄堂口，我们遇见了五个逃难的同胞。一个高高的中年男子，带领着邻居的一个小学生和三个女人。他低声地对我说：

"跟着来吧！我们要三个钟头的时间从火线里逃出，……未逃出的还多得很。……"

我点头对他道谢，又示意请他走在我们的前头。

街灯一盏也没有了。马路上完全沉进了黑暗。八个人联结着走过了一条街道，为了落地的子弹太密，我们在一处墙角边俯伏了一个钟头。

我整整一天没有吃饭，也不觉得肚饿，而且一点疲倦也没有。我不知从哪里来的机智，警觉，常常从八个人的队伍中脱离出来，独自个到远远的地方去作试探。这地方应该距北站不远。北站在那里却弄不清，我们已经迷失了方向。

我记得我们是沿着一条阔大的马路上走来的，现在却发觉这阔大的马路已经突然中断，它变成了一条小巷，这小巷显然是敌我两军战斗的紧要地带，子弹像雨点般的只管在我们的身边猛洒着。对于这些在低空中飞舞的子弹我已经不再惧怕了，甚至忘记了它们。我知道，在最危险的一瞬中还必须确实保持我珍贵的灵魂的镇静。而求生的希望却愈加鼓勇着我，我的愤恨，暴烈的情绪紧张到最高度，我没有惧怕的余暇。一个钟头之后，我们离开了这个小巷，却只好循原路走回去，原路，我们刚才正尝过了它的滋味，在那边飞过的子弹不会比小巷里稀疏些。那么，要怎么办呢？这马路一边是接连着的关闭了的商店，一边是高高的围墙。围墙的旁边有一枝电杆，电杆上高高地挂着一条很大的棕绳，我不晓得那棕绳挂在那里原来有何用处，我猛然地省悟到它也许可能帮助我们逃出这个险境。

那中年男子同意了我的提议，他最初缘着那棕绳攀登电杆，跨过围墙，一面给我们后面的人作如何攀登的样子，一面去试探。他告诉我们围墙的那边可以下去。

第二个也攀登上去了。

于是第三个。

第四个。

那小学生还算矫捷，他攀登得比别的人都快些。但是他像一个石块似的跌落下来了，有一颗子弹射穿了他的头颅。

这一颗子弹把小学生击落下来并不是偶然的。当人缘着那棕绳攀登的时候，棕绳显然为远处的兵队所瞧见，兵队，直到现在我还不明白他们是我们自己人还是敌人，但是这棕绳现在成为射击的目标却已经千真万确。

姑母上去了。这一次的子弹射得高些，不曾射中了她。

接着是表姊。

最后才轮到我。我发觉那棕绳已经为子弹击中而断了一半，子弹还是在电杆的四周缠绕着，飞舞着。我是不是要停在围墙这边不走呢？为了那棕绳，那唯一引渡我们逃出险境的桥梁将要中断，我更不能不赶快继续攀登，其他什么危险也只好置之不顾。我终于也越过那围墙的外面。

约莫是下半夜两点钟的时候。

除了那丢在围墙边的小学生之外，我们的人数并不就剩下了七个，还要少，大概只剩下五个了，我没有这样的余暇去点数他们。

从一条狭巷里走出，我们沿着一条大马路前进，突然遇到了一个散乱的庞大的人群，他们都是从火线上逃出的难民，原来他们在昨晚很早就到达了靶子路口，在那边挨了整半夜，不能通过，后来受了日本兵的驱逐，又走回来了，他们之中已经有一大半受了枪伤。

表姊哭泣着，紧拉着我。阻止我的前行。

我们在这几天之内所遭受的折磨太厉害了，在这和死亡搏斗着的险恶的途中，我们如果稍一气馁，就要立即遭疲惫的侵袭。我千方百计的安慰表姊，叫她顺从我的意思。这时候我已经能够辨认街道方向了，我打算向宝山路口进发，绕过北站的西边，出麦根路。

但是我的计划完全失败了。

这一次和我们同行的人可多了，那个庞杂的人群几乎全都跟着我们走。不知怎样，我们又迷失了方向，我们竟然向广东路，虬江路方面冲去，然后逐渐向右边拐弯，还是到了靶子路口。

散乱的枪声包围在我们的四周，我知道这里的敌军正和我们的军队起了战斗。有一小队的中国军从我们的前头向东开过，他们约莫有二十人左右，在迷濛的夜色里，他们的黑灰色的影子迅急地作着闪动。我一发现了他们，心里就立即紧张起来。他们的匆匆的行动使我不能清楚地认识他们，我只能在脑子里留存了他们一个抽象的轮廓，一个意志，一个典型。

于是急剧的变动开始了。

在我们的近边，相距还不到五十米，那二十多个中国军和敌人开起火来。猛烈的枪声叫我们这庞杂的人群惊慌地，狼狈地向着各方面分散，这是一个严重的可惊的场面，除了枪声，一切都归于沉默。不时的只听见我们的军士作着简单的尖声的呼叫。表姊，姑母和我，我们三个人都分散了。从此她们便一直失了下落，我再也不能重见她们。我不晓得她们是在什么时候从我的身边离开去的。有一个中国军禁止我呼喊，我还是疯狂了似的呼喊着，但是黑暗中我再没有法子找到她们。

我只好独自一个人走了，我被夹在中国军与日本军的中间，为了发现前面有两个女人的影子，疑心她们是我的表姊和姑母，因而冒着弹雨追赶上去，竟至陷入了敌我两军战斗的漩涡。

日本军冲上来了。

"老百姓走开！老百姓走开！"我们的军士在背后叫喊着。

我躲入了一间大商店的门口，在猛烈的弹雨中已经失去了刚才走在我前头的两个女人的影子。

天亮了。我仿佛从梦中苏醒。我发见自己的所在地是老靶子路。满地的弹壳、死尸——敌军的、我军的、难民的，鲜红的血发出暗光，空气里充满着血腥。

远远地，我听见了人的步声。探头向着五洲大药房方面探望，我看见一小群的中国难民沿老靶子路向着我这边走来。他们一共有五个人，一个四十岁光景的老太婆，四个年轻的男子。这四个男子最大的在二十五岁光景，他们的年纪都差不多，最小的在十五六，只有他还是一个中学生的样子。他们的服装很整齐，看来是中等以上的家庭，我猜想这四个年轻人一定是那个老太婆的儿子。

他们向着我这边走来了，一步一步的走，很慢，很谨慎，步声低至不可再低，他们正用整个的灵魂来控制这个不易脱身的危局。我非常替他们担忧，我想他们逃得太迟了，像这样的几个壮健的青年男子，如果给日本军瞧见，一定不放走他们。

果然，在他们的背后，蓦地有一个黄色的日本陆军出现着。我不晓得这个鬼子兵是从哪里闪出来的，他的身体长得意外的高大，可怕，手里的刺刀特别明亮，这刺刀似乎比平常所见的刺刀都长。他走得意外的迅速，仿佛是一阵狞恶的寒风的来袭，他对于这些已经放在手心里的目的物应该有着最高的纵身一击的战斗企图。

那鬼子兵迅速地追蹑着来，那直挺着的雪亮的刺刀使我只能够屏息地静待着。天呵，这到底是怎么一回事！这是一种严酷的痛楚的顶点，中华民国的无辜的致命者，在日本恶徒的残暴的一击之下倒下了。我们用什么理由来回答这胜利与失败的公判？我们是屠宰者刀下肉么？我永远求不出此中的理由！

那最先倒下的是二十五岁左右的最大的男子。这五个人的整齐的队伍立刻混乱了，在这急激的变动中我不明白那作为母亲的老太婆所站的是什么位置，而趁着这严重的一瞬，那强暴的鬼子兵又杀倒了她的第二个儿子。

第三个年轻人在最后的一瞬中领悟到战斗的神圣的任务。他反身对他的劲敌施行逆袭，他首先把劲敌手里的武器击落，叫他的对手从毫无顾忌的骄纵的地位往下低落，公正地提出以血肉相搏斗的直截的要求。

第三个男子把他的对手击倒下来。

他胜利了。

但是他遭了从背后发出枪弹的暗袭。

中学生，那年纪最小的男子我叫他中学生，他是那样的沉着，坚决，他的神圣的战斗任务全靠他的勇敢和智慧去完成。他获得了一个充分的时机，泰然地、从容地在旁边拾起了敌人的枪杆，用那雪亮的刀，向着那倒下还在挣扎的敌人的半腰里猛力地直刺。

但是一秒钟之后，这惨烈的场面竟至突然中断，这时候我才从这战斗的危局中猛然省悟，我发见有一小队的鬼子兵散布在中学生的四周，他们一齐对中学生作着围猎。我的心已经变成坦然，冰冷的了，我目睹着中学生在最后一瞬的苦斗中送了命。

老太婆紧抱着中学生的尸体疯狂地向着我这边直奔而来。我看着她马上就要到我的身边来了，我意识着我所站的地位，我的悲惨的命运正和她完全一致。于是我离开那可以藏身的处所，走出马路上，用显露的全身去迎接她。

我对她说：

"你的儿子死了，不必拉住他了。"

她的面孔可怕地现出青绿，完全失去了人的表情，看来像一座古旧、深奥而难以理解的雕刻。她对我的回答是严峻的，使我沉入了无限悲戚的幻梦。

她把儿子的尸体舍去了，像一只被袭击的狼似的冲进了一间门板开着的无人的商店里，直上三楼，从天台上猛摔下来，她的脑袋粉碎了，她落下的地点正在我的面前，溅得我满身的白色的脑髓。

于是我坦然地离开了这地区，从北江西路向河南路桥逃出。我的灵魂已经很坚定了，我要每一分，每一秒预备着敌人对我的侵袭。

1938 年 1 月 28 日，南昌

逃出了顽固分子的毒手

——持团特务营政治工作人员钱一清同志的报告

我被派到特务营工作，是特务营营长马峰及其全家被庄梅芳反共分子惨杀的前一礼拜的事。

我本来是政治部派到猛团工作的工作队中的一个。

庄梅芳——镇江县长，有一次到猛团团部来，我曾经会见过他。

记得他当时对段团长说了这样的话：

"唉，说到陈司令，他的人格之伟大，学问之渊博，真是哪一个不拜服！对于整个新四军，这样的吃苦耐劳，不断的打击鬼子，谁也不否认它是一个最好的军队！但新四军领导下的地方武装，那就不敢恭维，他们简直是很坏。"

"是的呀，因为我们所领导的地方武装会打鬼子。譬如延陵的地方武装自从成立到现在只七个月，七个月中打了大小三十一次的胜仗，捉到鬼子，缴到鬼子的马，使正规的部队都要愧死；又如持团在镇江所组织的特务营，他们袭击淬泽的鬼子，屡次破坏从镇江到塘桥的公路以及镇江到句容的公路。镇江西门外的十里长山，本来是汉奸和土匪的巢穴的十里长山，从来没有一个部队在那里站得住足的十里长山，现在我们也可以自由活动，成为打击鬼子消灭鬼子的场所，谁能否认地方武装在抗战中的作用呢？现在只有鬼子切齿痛恨这些地方武装，我们却可惜这样的地方武装太少了。问题倒不在地方武装坏不坏，而是如何去培养他们，帮助他们，领导他们，使他们好好的发展，成为抗战的力量。"段团长立即加以反驳。

很奇怪，不仅庄梅芳发出这种论调，别的地方的某些人都一致这样说，而且说的是一模一样，简直是通过电，大家共同遵守一个纲领似的。

那时候谁也想不到庄梅芳是代表反共分子提出了他们的行动的口号——那就是：你们新四军所领导的地方武装很坏，我们要开刀了！

反共分子处心积虑要破坏丹阳、镇江一带的抗日民众武装，他们说：

"你们跟新四军跑，前途黯淡得很，我们不久要大杀共产党，那时候你们要洗也洗不干净了！"或者：

"我们现在打算成立一个武器精良，给养充足的正规的独立旅，我看，你们如果编进来的话，起码就是一个团了。"

他们好像推一个大石块，推得动，扛着跑，推不动，只好看看，觉得没趣，就不再想去动它。然而不动它又怎样呢？不动它，那就要失业，他们是反共的职业者！

于是还是动，岂但如此，而且要开刀了。

然而特务营并不是一个地方武装，而是持团在镇江三区所组织的正规的队伍。然而也要开刀了。庄梅芳临走的时候又对段团长说：

"我要到江北去了。你们新四军刚刚颠覆了日本的军车，铁路上很紧张，不晓得能不能通过呢！"

我就是在庄梅芳到江北去的那天，被派到特务营去工作的。

特务营第三连的一个排驻在西罗，这天晚上，突然开来了一个队伍，把这个排包围起来，缴了械，把连长倪俊以及整排的同志都绑了去。

他们只是解下第三连同志弹药带，又退出了枪膛里的子弹，枪还是交给原来的人去背。

不想其中有几位同志的口袋里还有子弹，他们偷偷的把子弹弄进膛，突然乒乒乓乓的打起来，骚乱间乘机逃回了一大半。不过倪俊还是被带走，被押到县政府的特务队那边去了。

我对马营长说：

"严重的教训这些反共分子一番！"

全营同志都对马营长说：

"给他们个严重的回答吧！"

这是镇江县政府干的，为了尊重我们的政府，为了巩固内部的团结，我们却轻易不能动武！马营长顾全大局的意见说服了我们。

我们一面向县政府提出抗议，一面报告上级。岂料一波未平，一波又起，在五月二十七日那天的下午，竟爆发了马营长及其全家被杀的严重惨案！

事情的经过是这样的：

九月二十七日的早晨，马营长接到了一个片子，那片子这样写着：

马营长我兄勋鉴：

兹有要事面商，请于是日下午到张村一谈，谨具薄席相候。前被县政府缴去之枪，县政府即将发还贵部，我兄尽可放心也。

谈朝宗　九月二十七日

谈朝宗是镇江伪警察大队长，不久以前才反正过来，现在是在庄梅芳的县政府当大队长了。马营长没有警觉到谈朝宗这次的请客是反共分子设的一个陷阱，谁也想不到庄梅芳这样丧心病狂，就在这天下马营长的毒手。

下午四时半，马营长到了张村，会见了谈朝宗，就喝起酒来，突然从背后开来一枪，把马营长击倒下来。马营长当时很镇静，他挣扎着，一个人冲出门外，用他的快慢机一扫，击倒了首先开第一枪的对手。但终因众寡不敌，在一阵乱枪之下，马营长身中八弹，竟完结了他的一生！

当时和马营长一同被害的有第一连连长和第一连连长的弟弟，马营长的两个特务员。马营长的哥哥在镇江县政府当科长，镇江县政府在同一个时候把他枪杀了，还有马营长的老婆，未满三岁的小孩，都一同惨遭杀害，镇江县政府对付我们的马营长是用这样的铲草除根，最毒辣，最野蛮的手段！

马营长被杀之后，队伍失去掌握，在这一天傍晚时完全被谈朝宗缴械，就是谈朝宗带领镇江县政府三百余名的特务队在进行这一次的屠杀的。

镇江县政府利用谈朝宗作为反共的工具，却不想谈朝宗反而利用镇江县政府来破坏国共的团结，谈朝宗是日本人派来捣鬼的。他的反共是一个骗局，不久他又回到镇江城里当伪警察大队长去了。这不是反共分子的不智，而是他们的丑恶的罪行。

"这是新四军的部队呵！"特务队的兄弟看到自己是与新四军为敌，觉得很惊异。

"不管他妈的什么'新四军''新五军'，我们都要把他消灭！"特务队的一个姓孙的教练官这样说。

我跟着队伍一道被带走，当晚谈朝宗好几次派人来找我谈话，要留我在他们县政府工作，可以特别优待，有很好的职位，这些无耻的欺骗利诱都被我严峻的加以拒绝。

第二天他们把我带到上塘街上来了。谈朝宗集合了许多区乡保长——那些两面派，那些反共专员先生们，在开一个胜利的大宴会。反共分子干了这样的罪恶的勾当，从违反正义的黑暗里去取得胜利，但胜利中带来恐慌，所以他一边很高兴，一面又在高兴中发出颤抖。

谈朝宗发言道：

"你们都知道了，新四军是共产党，所以我们要打击他，消灭他，现在我们是这样的干了。我们就要想到，新四军这个部队是不好玩的，凭良心说话，鬼子都害怕他，新四军如果回头对我们实行报复的话，我们要如何去应付呢？诸位，今日我提出的就是这么一个问题！同时我也必须向诸位回答这个问题。我以为新四军即使来报复也用不着怕，因为现在江南的形势已经变了，我们的中央政府已经将江苏、浙江两省割给汪精卫去管辖，汪精卫是主张和平的。汪精卫主张坚决不打鬼子，既然不打鬼子，新四军虽强悍，但是他失去了作用，必然要变成洪水猛兽，不过洪水猛兽也无奈我何，因为我们不久就可以把队伍驻到镇江城里去，镇江城不久就要插青天白日旗！"

当时许多人的面孔都变了色，表现得很惶乱，对于这些为非作恶的先生们，只要一提到新四军，无论从哪一方面去想都感觉到惧怕和不快乐，这样在胜利的大宴会中连酒菜都会变成没有味道了。

他们对我们没有什么严密的看守，究竟要把我们怎样处理呢？老实说，他们对这个问题还是犹豫得很。就在这天的晚上，我们悄悄的逃出来了。和我一同逃出的还有一部分同志。

1939 年 12 月 11 日